电影学院069

剧本结构设计

[美] 丹·奥班农（Dan O'Bannon）著
[美] 马特·洛尔（Matt R. Lohr）整理
高远 译

Dan O'Bannon's
Guide to Screenplay Structure

北京联合出版公司
Beijing United Publishing Co.,Ltd.

目录
Contents

序 ··· 3
前　言 ··· 4
导论　一把爆米花 ··· 9

第1章　寻找公式　探求值得注意的猪耳朵 ················· 1
第2章　通向对结构的定义　咱们别说得太物质了 ········ 19
第3章　他人的体系　写给那些误买了本书的人 ··········· 23
第4章　定义动态冲突　一群人对抗另一群 ················ 61
第5章　奥班农的动态结构　抓住那"噗"的一下 ········· 65
第6章　动态人物，奥班农论人物　挑剔的作家作出选择 ··· 71
第7章　结构分析　别管我怎么说 ···························· 75
第8章　自己动手分析剧本　用你自己的话说说看 ······· 153
第9章　故事类别　看你如何使用它 ······················· 157
第10章　论步调、展示和转折　享乐适应的引入 ········ 165
第11章　为什么是三幕　别管因为所以，收钱吧 ········ 177
第12章　电影剧本的长度　装满数字打包袋 ············· 183
第13章　灵感对规则　呼叫剧本警察 ······················ 189
第14章　洞察力　对你的话嗤之以鼻 ······················ 193
第15章　何为制片人　不是"谁为"，是"何为" ······· 197

1

第16章　署名　进入失踪名单 …………………………… 201
第17章　为何要当编剧　闲话少说 ……………………… 207
第18章　恐惧　把垃圾拿进来 …………………………… 209

结　语 …………………………………………………… 212
后　记 …………………………………………………… 216
关于作者 ………………………………………………… 217
出版后记 ………………………………………………… 219

序

在这个产业里，很少有人能像丹·奥班农那样令我惊讶和赞叹。在他制作那部最终成为史上最伟大的电影之一的科幻巨作——《异形》(Alien,1979)时，我是他第一个找到的人。他把剧本拿给了我，我很喜欢，想让纸页上的内容马上活起来。尽管后来我并未参与这个项目，但它向我无可置疑地证明，丹即将成为电影产业内稀有的瑰宝。

你也许会认为，一个掌握了罕见诀窍的人大概会紧紧守着他的秘密。然而，丹却在这部编剧指南中，带给我们一片极其清晰的视野。他不仅贡献了自己的经验和策略，还提供了一些练习，以帮助你将这些材料应用到自己的项目中。此外，他还分析了其他人怎样把剧作结构运用到成功的尝试中。他的课程也论及了前人如亚里士多德和埃格里（Lajos Egri），以及当代的权威如悉德·菲尔德（Syd Field）和罗伯特·麦基（Robert McKee）给予叙事者们的教导。凭借这本书，丹得以跻身于这些第一流的教师中间。

在丹的不朽作品的机体内，存在着一种独一无二的、富于激情和愉悦的灵敏感。现在，你已经握住了一把钥匙，凭借它，你将开启构筑电影的无穷想象力，并且学会如何把自己的创造性思维结构成一部剧本。丹虽然走了，但他的话还在。它们已被铭刻在这里，鼓舞和教导着下一代电影人。

罗杰·科尔曼[1]

---

[1] Roger Corman，生于1926年，美国导演、制片人，独立电影教父，已制作了400余部影片，并且栽培了弗朗西斯·福特·科波拉、马丁·斯科塞斯、朗·霍华德、詹姆斯·卡梅隆等著名导演。——译者注

前　言

任何一个科幻片和恐怖片影迷都应当向丹·奥班农脱帽致敬。作为导演、演员、视效艺术家以及编剧，他堪称过去四十年中一些最为不朽的类型电影的幕后主脑。丹最为人熟知的作品是和罗纳德·舒塞特（Ronald Shusett）联合编剧的《异形》。这部发行于1979年的名作把"鬼屋片"（haunted house picture）带进了太空深处，它不仅创造了一个经典的外星怪物（这一荣誉也归功于 H·R·吉格①那令人惊叹的设计），还催生了三部续集、两部《异形大战铁血战士》（Alien vs. Predator）衍生片，以及漫画和玩具等等产品。（《异形》本身则在国会图书馆的电影资料库中占据了永久的一席。）奥班农和舒塞特还一起撰写了心灵探索式的科幻动作片《全面回忆》（Total Recall, 1990），该片给阿诺德·施瓦辛格提供了职业生涯中最好的一个角色。此外，奥班农还联合编剧了被严重低估的高科技直升机影片《蓝霹雳》（Blue Thunder, 1983）。1985 年，丹编剧并导演了《活死人归来》（The Return of the Living Dead, 1985）。这是一部湿漉漉、黏糊糊的恐怖片。它尝试把僵尸片和喜剧片嫁接在一起，并在某种程度上预示了这一现代类型（例如《僵尸肖恩》[Shaun of the Dead, 2004]、《僵尸之地》[Zombieland, 2009] 等）将会有多么好笑。当然，这一切都始于《暗星号》（Dark Star, 1974, 又译为《黑星球》）。该片是约翰·卡彭特（John Carpenter）的导演处女作。奥班农和卡彭特联合编写了剧本，并在片中饰演了一个不可磨灭的角色——平拜克军士。在影片的大部分时间里，他都

---

① H. R. Giger, 生于 1940 年, 瑞士超现实主义画家, 在《异形》中担任美术指导。——译者注

在追逐一个排球状的外星人。此外，片中还有一段时断时续的、记录着此人精神崩溃的录像，滑稽得令人难忘。（丹还顺便担任了这部低成本影片的剪辑师和美术师。）对我而言，丹也是一位友人，一位导师。在我事业的起步阶段，在我最需要启发的时候，丹把这给予了我。

2001年，我还在加州橘子郡的查普曼大学修读电影编剧的研究生。当时，我在已故的莱昂纳德·施拉德（Leonard Scharder，曾因《蜘蛛女之吻》[Kiss of the Spider Woman, 1985] 获奥斯卡提名）的指导下开始写毕业剧本。在我们的第一课上，莱昂纳德提到，学校里有个驻校教学的电影人。此人正在撰写一部电影编剧方面的教材，需要找个研究生协助他做编辑、润色手稿的工作并补充撰写一些内容（包括影片分析）。课间的时候，我的同学们一个个都走过来跟我说："老兄，你一定得干，此事非你莫属。"重新开课后，我告诉莱昂纳德，我对这个工作很感兴趣。他回答说，下次上课就把这个驻校教学的电影人的联系方式给我。你们大概也猜到了这个人是谁。他写的书就是你现在正在读的这本。

和丹一起工作对我而言并不容易。他住在洛杉矶，我住在橘子郡，而且我没有车。为他工作期间，每次碰面我都要租一辆车从橘子郡开到他家（先是在Pacific Palisades，后来在Mar Vista，卡尔弗城西面的郊区）。我们第一次见面时，他正在通过有线卫星频道收看《法律与秩序》（Law & Order）。当时剧集马上就要收尾了。两分钟后，丹问我有没有吃过致幻药物。我说没有。丹笑着上下打量我说，"我可不这么想，你看起来像克拉克·肯特[①]。"很高兴认识你，先生。

在丹和我写作本书时，每每都会有难忘的事发生。有一次，他向我展示一把挂在他办公室墙上的大刀。他还让我看过几张约翰·坦尼尔爵士（Sir John Tenniel）为《爱丽丝漫游奇境》创作的插图。这些画是由初版的模子印制的限量版，丹为此花了一大笔钱。可他却说，他就是忍不住要拥有它

[①] 超人作为普通人时的名字。——译者注

们。和丹在一起的日子里，我最爱的一天是去他家讨论罗伯特·怀斯（Robert Wise）的《出卖皮肉的人》（*The Set-Up*, 1949）的那一天。该片是一部描写拳击圈的黑色电影，本书中也简要讨论过。那天，当我到达时，丹正在把一盒录像带放进书房中的旧录像机里，可那带子不是《出卖皮肉的人》。当时，米高梅正准备发行《活死人归来》的特别版DVD，于是寄了一盒录像带给丹，以便他审查确定数码重制和色彩校正的效果。"想不想和我一起看？"他问道。于是，我们一起看了《活死人归来》。我得以听到导演的现场评论。丹谈到了制作期间的逸闻趣事，谈到了合作的演员，当然，还有片中著名的"裂开的狗"的特效。

当然，我们谈的还是电影。丹是20世纪70年代（那也许是好莱坞艺术自由的黄金时代）的产物，如今却被放逐到一块由商人和会计主宰的荒野里。他毫不讳言地指责当今制片公司平庸的领导层缺乏想象力，同时也对现代观众那除娱乐之外别无所求的倾向有所微词。（我记得有一次，他模仿"典型"的当代观众，发出一连串吱吱的响亮笑声，听起来仿佛一只尚未睁开眼睛的幼鸟吞食虫子时发出的鸣叫。）丹之所以会有这样的态度，是由于他坚信结构坚实的剧本的重要性。鉴于他自己的很多著名剧本都是得到巧妙建构的，这一点并不令人奇怪。我们的合作持续了数年，主要通过电话和电子邮件来进行。通过观察一位编剧大师如何处理他的故事，我受益良多。而他也尊重（我希望如此）我对电影、对如何把他的方法应用到具体影片上的看法。这些电影我们都很了解，但从未如此近距离地加以审视。我们既是师生，又是同事。而且，尽管我们从来没有这么表示过——我觉得我们还是朋友。

我还认识了丹的儿子亚当和妻子黛安娜。在协助丹完成了本书之后，我仍然和他们保持联系。我们偶尔会互发电子邮件，谈到我的职业发展，谈到丹同这个产业、同他自己多病的身体之间的战斗。黛安娜经常告诉我，她和丹都想念我/祝福我。在丹生命的最后几年中，他不断与克罗恩症导致的越来越严重的症状抗争。在拍摄《暗星号》期间，他就染上了此病，之后一直饱受其害。我和他最后的联系都是通过黛安娜完成的。当时，他不断地辗转在各种医疗机构之间。

丹于2009年12月17日去世，就在《阿凡达》（Avatar）上映后几个小时。这部科幻史诗是有史以来票房最高的电影，并获得了包括最佳影片在内的九项奥斯卡提名。而该片的导演詹姆斯·卡梅隆就曾以摄于1986年的《异形2》（Aliens）延伸了丹笔下最著名的角色。在丹去世前几个月，当年另一部足以获得电影产业中最具声望奖项的同类型电影——独立制作的南非科幻动作片《第九区》（District 9）在美国院线上映了。该片也获得了奥斯卡的最高提名。然而，假如没有丹这样的艺术家们为这一类型打下的基础，这两部影片似乎是无力突破评论家对这一类型根深蒂固的传统偏见的。而那些艺术家正如那些紧皱眉头的实验电影作者一样，都是严肃地对待自己的故事的。黛安娜没有忘记邀请我参加丹的私人纪念仪式。在仪式上，她告诉我，她仍在为丹和我一起撰写的书寻找归宿。现在，这本书终于找到了归宿——就在你的书架上。

在我的创作生涯中，和丹一起工作是最具启发性的经验。和丹搭档一起发展本书，在他去世之后完成手稿使我成为了这些书页中所包含的智慧的第一个受益者。每天，当我坐下来写我自己的剧本时，我都会发现自己思索着丹给我的教导，考虑着他给我的建议，并且问自己"丹会怎么做？"当我接近完成本书终稿时，我同时在为一个说明式的原创剧本做一页纸的重写。毫无疑问，由于考虑并运用了丹的概念和方法，我极大地改善了这个成品。

丹对我写作的影响自本书开始，但绝不会到此为止。我将把他的教导使用在我自己的编剧工作中，使用在我的博客"电影僵尸"（The Movie Zombie）中对经典和当代影片的评价和分析上。此外，在国内和国外的丹·奥班农写作工作坊（Dan O'Bannon Writing Workshop）上，我还将主持一些会议和露天节目。这些讲习班将以手把手指导的方式告诉你如何使用丹经过时间检验的、硕果累累的电影编剧方法来创作出你自己的票房大片，无论你写的是制片厂式的类型电影还是独立制作，抑或两者之间的东西。

所有的电影制作者、电影编剧、丹的影迷以及一切热爱电影的人，我希望你们能够在阅读本书时获得我们在撰写它时同样的愉悦，我希望在你们创作自己的作品时，书中的理念能对你有用，正如丹在写作他自己的杰作时那样。另外，如果你作为一个电影编剧，只想着投机取巧、自我满足，丹有两个字送给你：

吱吱！

马特·R·洛尔
2012 年于洛杉矶

导论：一把爆米花

令人厌烦的秘密在于什么都说。

——伏尔泰

在写作本书过程中，我的一个朋友问我："你的书究竟是讲什么的？"

我说："它讲的是，将观众的注意力集中到银幕上，使之进入一种催眠般全神贯注的状态，并将这种状态维持两个小时。"

换言之……想象一下，当室内的灯光熄灭，一个假想中的影迷正要拿起一把爆米花放进他或她的嘴里。如果编剧的工作做得好的话，两小时以后，当"剧终"二字出现在银幕上时，同样一把爆米花应当还擎在手中，尚未放进仍然张着的嘴里。

写作本书花了我三十五年。在三十五个充满泪水与汗水的年头里，我都在通向好莱坞玻璃幕墙的道路上蹒跚前行，学习如何制作电影，如何写作能够如货运火车般碾过观众的电影剧本。话虽如此，这却不是一部"你可以打进好莱坞"式的，告诉读者怎样找一个经纪人、行销他或她的剧本、搞宣传推广的书。有些作者声称能教你如何写作"每次都能卖出去"的剧本。但其实，没有什么剧本是每次都能卖出去的。而我将告诉你的是，如何去写作每次都能奏效的剧本。

关于如何写作电影剧本的书籍比比皆是，以至于书店里的书架都在不堪重负地呻吟了。如果我未曾写过剧本并探寻过如何去写的建议，我可能会因为选择过多而瘫痪。这些书信誓旦旦地承诺告诉你关于电影剧作的一切——结果只是一部分而已。面对数量激增的潜在方法，我会不知道从何处开始、如何开始。

9

所以，从所有这些书、所有这些软件程序中退出来吧，记住你已经知道的东西。这就是说，那些伟大的电影都是能——在某种程度、在某些方面——令人意外的电影。遵循所有那些业已建立的电影剧作规则（如果真有这种东西的话，想想有多少这种规则吧）也许会制造出一个"完美"的剧本。但是，即使遵循所有的规则，总还是会有一点点余地留给那些令人惊叹的东西。所有那些"有用"的程序，所有那些论述以往的电影是如何写成的全面的、透彻的指导里，都有供编剧采用的每一步叙事如何去做的规则，但那多半只能教会你如何去写已经被人写过的剧本。它们会让你变成瘸子。

规则僵化了电影剧作。

所以，在这部著作里，我将全力使一切尽可能简单明了。本书的核心是一种故事结构体系，一种我在写作自己的剧本时运用的体系。我将提供给你们一种微观和宏观上都强有力的结构性方法，它包含了如何将力量充满你的剧本的指导性观念。别被这种方法的简单所误导。一旦你掌握了它，其他的一切便井井有条了。它的简约之美正在于此。

本书中提供的结构性体系，尽管在某些方面与其他体系有些相似，但与它们中的任何一个都不相同。原因很简单，当我创造它时（那时我刚写完《异形》），我未曾研究过任何其他体系，甚至并不知道其他体系的存在。随便挑一本写作指导书翻开，直到月亮变绿的那一天，你从中也找不到我的结构性方法。那里面根本没有，这是因为，它是一种新颖的创见。你只能在本书封面下的字里行间找到它。然而，我仍将花一点时间概述其他流行的或传统的电影剧作结构体系。这样，在你动手时，便十八般武艺样样精通了。与此同时，我还会与你们分享一些建议和想法，虽然并非结构性的，但经年以来，我都认为它们十分有用。

我给你们的第一个建议只是开始写作。享受乐趣吧，仅仅当你遇到问题时再寻求帮助。记住，之所以说"驾驭规则"，是因为你应当成为规则的主人，而非奴隶。

第 1 章　寻找公式

探求值得注意的猪耳朵

> 注重小节造就完美，而完美绝非小节。
>
> ——米开朗基罗

1978年，当《异形》在20世纪福斯公司制作的过程中，我料想，如果能为电影剧作设计某种公式，将会是件很有益处的事。我希望减轻创作的负担，以便能一路坦途地抵达故事的结尾，而不会使之分崩离析、陷入混乱。直到那时，我的剧本是将从头至尾处处奏效，还是将丧失叙述要点、偏离轨道，似乎仅仅是件撞大运的事。只要我灵感迸发，剧本就会奏效；而当灵感缺失——某种程度上永远如此——我便无法确定接下来该写什么，即使我知道自己想到点子上了，即使我知道剧本乏味透顶。一个公式，便可以保证每次都能实现可靠的叙事，对吗？

我设想着某种情节和人物的清单，以便从中获取我的故事元素。我对《异形》的制片人之一戈登·卡罗尔（Gordon Carroll）提起这一想法。他说："唔，好吧，倒是有那么一本书列出了所有可能的情节类型。"

我的耳朵如猫一般伸向前方："真的吗？是什么书？"

"我手边就有。"戈登四处翻找，拿来了一本有着褪色蓝布封面的发霉小册子。书名是《谋篇布局》(Plotto)，作者名叫威廉·华莱士·库克（William Wallace Cook），副标题是"情节大全"(The Master Book of All Plots)，1928年出版。

这本书正是我需要的。"能借我看看吗？"

"尽管拿去吧。"

"谋篇的方法，"库克开始道，"使谋篇者能够以一个主控情节开始他的故事，并依其排列自己的情景和冲突；或者说，它使他能够以一个情景或冲突开篇，并有意识地在情节的展开中审视特定的主题。"[1]

没错，接着看。

"如果选择主要冲突围绕 A 或 B 一个人建立，应浏览 A 组或 B 组；如果围绕 A 和 B 建立，则 A 组和 B 组可供参考，A 组或 B 组亦可用于……"

要知道，这一建议是以极小的字体印刷的。出于健康原因，我不宜细看。

"冲突，"库克接着道，"分为如下的几大类："

不幸中的冲突。

错误判断中的冲突。

帮助中的冲突。

拯救中的冲突。

理想主义中的冲突。

责任中的冲突。

必需中的冲突。

机会中的冲突。

个人限制中的冲突。

模仿中的冲突。

狡诈中的冲突。

罪过中的冲突。

---

[1] 威廉·华莱士·库克：《谋篇布局：情节大全》，波特兰，俄勒冈，锡屋图书，2011年。

第1章　寻找公式：探求值得注意的猪耳朵

复仇中的冲突。

秘密中的冲突。

揭示中的冲突。[1]

我接着往下浏览。正如戈登告诉我的，库克试图总结他听说过的每一种情节。还有一些，例如：

（50）在独特的动机驱使下，耍起了诡计的手段

1

（a）（112）（117）（148）（156）

贫穷的A，爱上了富有、高贵的B；或贫穷的A爱上了富有的B，便假装成富人（187）（228）（233）（347a-*）

（b）（171）（734）（1106-*ch B 至 A）（1146）

出身低贱的A，爱上了高贵的B；或出身低贱的A，与高贵的B相爱，便假装成上流社会成员（139）（153）（209）（1200）[2]

三百页纸都是诸如此类字体微小的建议。

"谋篇布局"，该叫做"烂醉如泥"[3]才是，我试读之后的感觉就是如此。"戈登，"我说，"这书没用。难道没有某些总体性的规则能每次都运用到写作上吗？某种简单的东西？"

"唔，"他说，"有种老的规则说，第二幕落幕是最黑暗的时刻。"

"什么意思？"

"我就知道这些，第二幕的结尾是主人公最黑暗的时刻。"

我思量着这话。听起来，似乎有什么东西就在那儿，而我却不知道它是什么。

---

[1]《谋篇布局：情节大全》。
[2] 同上。
[3] 此处原文为 blotto，是英国俚语，与 plotto 对应，作者用此谐韵以表达他对该书形式的不满。——译者注

我决定以这种观念为楔子,如果能搞清楚"最黑暗的时刻"是什么,也许我就能弄懂情节建构的某种重要问题。于是,我极力思考我所听说过的关于故事结构的一切,尽管那少得可怜。一个广受欢迎的技巧是把故事分成三幕,我在无数场合都听到过它,自己也运用过。我不知道它逻辑上的原因,但从直觉上,三幕似乎能比两幕、四幕或其他幕次获得更令人满意的结果。我在刚开始写的几个剧本里,从未想过分幕。但当我开始照此拆分它们时,故事似乎获得了更多的叙事动力。到我写《异形》前,我已经运用过三幕结构一到两次了,而且效果我也很喜欢。《异形》也是三幕。《异形》第二幕的结尾是"破胸"的场景,这也是故事中最紧张的场景。但是,这就是"最黑暗的时刻"吗?好吧,对人类而言,从那以后,事态当然是变糟了。再后来,终于有了转机。我猜想,那可以算得上"最黑暗的时刻"吧。但我能确信吗?

无论怎样,我现在已经有了两条规则:(1)三幕;(2)第二幕结尾时"最黑暗的时刻"。还有别的吗?

哦,有个东西是我从和职业电影人的交谈中逐渐学会的,这就是"冲突"(conflict)的概念。为了避免你的故事乏味,冲突是必需的。看人们自得其乐是乏味的,在故事里,他们应当总是身处麻烦之中,而这种麻烦通常就被称为"冲突"。

那么,三幕、最黑暗的时刻、冲突。把它们加起来呢?

我开始摆弄零部件。

如果第二幕落幕是"最黑暗的时刻",那第一幕落幕呢?第三幕落幕亦即全片结尾呢?是什么——如果有的话——把"最黑暗的时刻"和冲突联系起来呢?

什么是冲突?

"分析"意味着拆解。如同物理学家把原子劈成夸克,我着手把"冲突"解剖成尽可能小的组成部分。

首先,我推论道,你必须有人物。然后,你必须有某种东西,让他们为之冲突。这就是说，"冲突"就是两个人为了某种事物、某种问题争斗。他们在何为解决问题的最佳方式上意见不同：一个人认为必须这样做，另一个认为应当另求他途。这便是冲突。例如，在《异形》中，"问题"便是如何对待人类。人类认为他们应当求生存求平安；异形却不这么想。（机器人艾什持复杂的中间观点：他不像异形那样与人类势不两立，但最终在众人为之工作的公司的命令下，认为人类是"可以牺牲的"。）这便构成了电影的冲突。

冲突：两个或两组人物为如何解决"问题"意见不同。

那么，三幕这档子事儿又该怎么办？冲突该如何纳入其中？也许，三幕只是一种能使你处理更小部件的途径？幕如果这么用，看起来可不够有力啊，如果你有了三幕，总该真的用它们干点儿什么吧。

好吧，戈登说过"最黑暗的时刻"——不管它是什么——在第二幕结尾时到来。既不在第一幕，也不在第三幕，而是第二幕。既不在幕的开头，也不在幕的中间，而是在幕的结尾。他用了"落幕"这个词，仿佛在现场演出的剧院里，真有幕布落下，让观众为接下来将要发生的事议论纷纷——某种扣人心弦的效果。

以冲突的角度看"最黑暗的时刻"，它又指什么呢？我猜你会说，当冲突到达危机的最高点时，你的主人公正在经历"最黑暗的时刻"。于是，我便把"最黑暗的时刻"的说法置换为"冲突最激烈的时刻"。

现在，我反向推论：那第一幕的结尾呢？在那里也应该发生点什么吧？在第一幕的结尾，我能用冲突干点什么呢？也许我可以在那一点上使冲突成型？将第一幕用于安排冲突的各种部件，当最后一个部件就位，即第一幕落幕之时？但是，难道我不应该从故事的一开始就建立冲突吗？都说缺乏冲突会导致乏味，难道我不需要从第一帧画面就有冲突吗？我可以展现某些人为某事争吵，然后用第一幕剩余的部分解释其缘由。

然而，到了我电影编剧生涯的这个阶段，我已经有了一种常见的毛病——在故事的初期便打光了弹药，以至于在剧本的后半部无处可去。我尝试推断道，也许更好的方式是，在前面牺牲一些兴奋点，以特定的节俭将其分配开来，这样，在写到最后一幕时，我便可以用最大的力度猛烈冲击观众。先抑后扬总比虎头蛇尾强。观众疲劳是个问题，看电影（尤其是动作电影）是很累人的，所以为了保持观看者的兴趣，你必须不断提高赌注。如果我用两幕到达峰值，那么无论第三幕我写什么，无论那多么疯狂，都不可能激动人心到足以弥补观众受到的过度刺激，都不可能使头昏脑涨的观看者免于疲乏。

所以，我认为，当电影开始时，没有什么东西必然要发生。观众还是一张白纸，愿意把绳索交给你，让你把自己和他们绑在一起。那么，干吗不利用这种最初的宽容呢？第一幕用于描绘人物和情景，展示"争论的议题"如何产生，以及人物怎样为之目的不一。突然间，他们全部卷入了"冲突"。这样，观众的兴趣便陡然间到达顶峰。

如此，我们便定义了冲突，现在我们进入第二幕。接下来会发生什么呢？

第二幕已经来到了"冲突最极端的时刻"。这一事件将会加强张力，使观众的投入程度提高。如此我便可以向显然将最终解决冲突的结尾冲刺。

我开始感到兴奋了，我已经找到它了，只要我能搞清楚那是什么。

一切的症结就是那"冲突最激烈的时刻"。我如何把它和冲突得以定义的第一幕落幕相区别呢？我不想复述冲突，重复第一幕的落幕。这会很沉闷，他们早就知道那该死的冲突是什么了。我想要的是以某种方式使冲突转变成为一种更新更强烈的冲突。但是，该怎么办呢？

我花了很长时间才拨开迷雾，令其现身。以下是我最终得出的结论：设想在冲突最初得到定义时，反面人物如果愿意，依然可以置之不理。虽然他们彼此憎恨，但如果情况不妙，他们总会说"啊，去他的吧"，而后扬长而去。从这一点上说，冲突只有在他们顽固到无法退出的时候才能继续，而只要他们真的愿意，总有办法从中脱身。

现在，让我们假设，局面恶化到**从冲突中退出不再成为可能**。简而言之，所有的争吵到达顶点，局面向变糟发生了一个突然的转变，再想脱身已经太迟！他们必须殊死搏斗！这便将冲突提升到一个全新的水平——他们被**困住了**！——

我找到了！

我再一次改变我的术语。它不再是"最黑暗的时刻"，也不再是"最大冲突的时刻"。现在，它是**不归点**（point of no return）。

但这的确还不是"公式"，它还不够确切。它是一个**体系**。对这一新体系，我需要做的是尝试它，看看它是否奏效。

我的第一个机会不是将其用于自己的剧本，而是用在了罗尼·舒塞特（Ronnie Shusett）彼时正在搞的《恐惧症》（*Phobia*）上。他花了一点钱从一个新手编剧手上买下了这部习作，一家加拿大制片公司对此表示了兴趣，前提是他能修改它。他将其带来给我看，并说如果我能帮他改好，他愿意付给我一点钱。

我翻阅以后，发现那是一部烂片里陈词滥调的大杂烩。即使是将其提升到 B 级片的水平，也是件不胜其烦的事。但如果我的新理论是正确的，搞上一次大检修也未尝不可。如果能让这部剧本适应我的新三幕体系，也许对它本身而言就是奏效了。于是，我把我体系的纲要给了罗尼。就《恐惧症》能够满足我设计的准则的程度，我们展开了讨论。

首先，我们识别出了冲突：一个疯狂的心理学家试图杀死他的一个病人。然后，就像用刀把香肠切成三片似的，我们把剧本分成三幕，发现它在第一幕和第二幕接近结尾时都未能明确冲突在哪儿。虽然在剧终时，冲突明确了，英雄击败了恶人。但在三分之一和三分之二的位置上，剧本关注的东西都不是冲突。于是我问，"对我们来说，为了在那两个点上把冲突拉回来，最容易做到的事是什么呢？"

我们在剧本中翻找，并发现了冲突开始成熟的那个场景——我们亦即观众意识到故事是关于 A 和 B 彼此敌对的时刻——我们把这一场景移到第一幕结尾，那大约在剧本的三分之一处。而后，我跳到第二幕结尾（差不多在三分之二的位置），建立了一个全新的场景，使好人和坏人突然被"冻结"至必须决一死战的境地。我在我那老旧笨重的 IBM 电脑上把它敲了出来，交给罗尼。我标出了页码，跟他说"就把它加在这儿"。罗尼回去按照我的改动重新打了一遍剧本。

再回来时，他挥舞着剧本，仿佛那是一面旗帜。"它奏效了！"他叫喊着，"它奏效了！"于是，我也读了一遍，发现一件既奇怪又不可思议的事情发生了：写作的质量并未全然改变，除了我们干预过的那些地方，它还是以同样的语言写成的蹩脚剧本。但是不知何故，剧本已经变得有趣了。"嘿！"我说，"还真不赖呢！"对我而言，看到我的体系生效，当然是令人兴奋的。显然，它有一种力量，能把我不愿看的猪耳朵，变成我愿意看的猪耳朵。如同一个在吃角子老虎机上赢了第一把的赌徒，我被我自己的体系迷住了，从此以后便一直在用。

顺便说一下《恐惧症》的下文：当朗①把新剧本提交给加拿大制片人后，后者当即买下，并聘请了约翰·休斯顿（John Huston）执导。然而，就在那时，制片人觉得他自己也是个蛮有能力的编剧（毕竟，写剧本可是连编剧都能干的事儿，能难到哪儿去呢？），便坐下来开始重写剧本。他没有依据任何体系，仅凭他伟大的直觉。朗看过以后，发现它甚至比我们修改前还糟。于是，他致电休斯顿，建议后者看一下我们那一稿，因为它更好些。然而，面对这一局面，休斯顿却表示了"拿钱就走人"的态度。他说，"我不在乎，跟这家伙争论太麻烦。"于是，他便着手执导了制片人的剧本。结果，影片臭不可闻，赔得血本无归。可无论如何，每一分钱都是制片人出的。既然他愿意，就随他去吧。有些制片人就像那样。他们宁愿往咽喉间绑上一把利刃四处招摇，每当他们的自负使刀刃逼近时，他们才会试探性地把那把刀推开。

时至今日，我写过好剧本，写过坏剧本，也写过平庸的剧本。朱莉亚·菲

---

① 罗尼的简称。——译者注

利普斯①在她的书《你再不会在这座城市吃午餐》(*You'll Never Eat Lunch in This Town Again*)②里，说我为她写的《埃德加》(*Edgar*)是"狗屎一堆……是她这辈子最糟糕的作品"。她是瞎说，因为她还没读过我写的最糟的东西呢。如果她读过的话，我担保她一定会觉得《埃德加》还不错。20世纪80年代时，我有一阵子不断承接各个制片公司的委托，不管谁付钱都干。我不止一次觉得为交差而写的剧本是败笔，即使我的体系也未能挽救它们，使之免于叙事崩溃。鉴于我对那些剧本的看法，如果你得知我把它们扔进了角落，再也没有看过一眼，应该不会感到吃惊。不过，最近打扫办公室时，我从中又发掘出了一些。出于好奇，我重读了它们。自打我写完它们以后，已经过去太多的年头，以至于我可以用一种非常新鲜的眼光看待它们。令我感到吃惊并欣喜的是——你必须把此话当真——那些剧本中的每一个都奏效了。如果它们被搬上银幕，你可以端坐着一直看到结尾并乐在其中。它们未能投拍，在多数情况下都有各种实实在在的原因，但无一是由于它们未能奏效。

其中一个例子是《亚特兰蒂斯》(*Atlantis*)，那是唐·贾科比(Don Jakoby)和我于1986年为福斯公司写的。《亚特兰蒂斯》讲述的是一次高科技海军任务，它直达大洋最深处，发现了一种基于奇妙科技的文明。换言之，这有点像《深渊》(*The Abyss*, 1989)——该片在我们写完《亚特兰蒂斯》后很快就投拍了。不幸的是，这个世界不需要另一部《深渊》了。此外，该片脱开了历史。我们剧本的全部前提，以及所有一切揭示出来的中心隐喻，都是关于美国和苏联在冷战中的对抗（前述海军任务的目的即在于缴获失事的先进苏联潜艇）。而人物的个人问题，以及我们称之为"亚特兰人"的人们所面对的困难，都是美苏间敌意的重述。如果你试图从中

---

① Julia Phillips，美国制片人，曾制作《骗中骗》(*The Sting*, 1973)、《出租车司机》(*Taxi Driver*, 1976)、《第三类接触》(*Close Encounters of the Third Kind*, 1977)等影片，下文提到的书是她的回忆录。——译者注
② 纽约，兰登书屋，1991年，496页。

分解出冷战元素，那么剧本已经剩不了多少了。但是，为了使我的好读者不至于错过它，这其中不再有苏联，不再有冷战，不再有任何能在戏剧性虚构中对号入座的东西。所以，眼下这个剧本不是一个能真正拍成电影的剧本。但这是一个好剧本！真的，它是奏效的。这个关于集体心灵传输的场景就颇为奇妙。

  内景 亚特利城中的一个房间 日

  艾萝亚（一个亚特兰女人）带领尼克·库珀（海军陆战队的生物学家，30多岁）和维克多（俄罗斯飞行员）走近一个白色的小房间。

  尼克
那是什么？

  艾萝亚
你会受到它的启示的。

  房间中央有一张矮桌，桌上放着一个金字塔状的水晶。

  艾萝亚
水晶是我们进入全知状态的媒介。
它能使任何生命突破限制，阅读思绪，
无论他们的进化程度多么低。
而我们已经不再需要它们了。

  克莱斯中尉（海军情报员）被查穆尔（一个亚特兰男人）领进来。

查穆尔

来吧,坐下。

他们都在桌边就座。五个人都坐下。水晶处在桌子中央,浅蓝色,棱面分明,内部隐隐有火焰燃烧。

克莱斯谨慎地看着它。

尼克

它的作用范围有多大?

艾萝亚

大约十五英尺。

克莱斯

(怀疑地)

它是干吗用的?

尼克

阅读心灵,克莱斯。

克莱斯嘲笑着。

尼克

(对艾萝亚)

我们现在该干什么?

艾萝亚
安安静静地坐着就行。

五个人坐成一个圆圈,看着彼此。

克莱斯
(盯着那个物体)
嘿,我们在干吗?

查穆尔
试着猜猜别人在想什么。

众人四下环顾。
他们把注意力集中在水晶上,注视着它。
向水晶注视而去——它仿佛有着无限的深度。闪闪发光的图案——如同人类心灵的形式——永恒地变换着,又像是一扇开向透明宇宙的活动窗口。
突然间出现了第一个思绪——它尖啸着穿过了空间,每个人都听到了。但谁也没张嘴,只有思绪跃入空间,并被他人听到。
节奏加快,第二个,接着是第三个、第四个,思绪彼此交叠着——随着思绪在思绪上生长,他们的震惊之情溢于言表——

K(克莱斯,下同)	N(尼克,下同)
真是胡扯!	难以置信!

K
什么?

N
我可以读到克莱斯的……
K
见鬼,是谁?

V(维克多,下同)
你能听到他思考。

N
真的起作用了。

N
哇,嗨,克莱斯。

K
杀了那些丑八怪。
不!
K
滚开!

N
艾萝亚。

K
哦,不!

K
我恨你,库珀!

E（艾萝亚，下同）
你好，库珀。

K
控制住……

K
做爱。

V
太惊人了！是吧？

K
失控了……

N　　　　　　　　**K**
我爱你。　　　　　这是命令！

K　　　　　　　　**K**
偷了它。　　　　　他们会知道的。

E
我也爱你。

N　　　　　　　　**V**
你爱我？　　　　　知道什么？

K

他们都会知道的。

E

是的。

K

不!

N

别紧张!

K

哇,啊,俄国人,妈妈,奶酪,空气。
让它停下!停下!不!必须停下!
哦,老兄,妈的,停下!怎么停不下?
该死的!我要疯了!滚出我的脑子!
我要把这偷了!不,我受不了了!

N

喔,哦。

V

他想偷什么?

克莱斯

(尖叫)
你们都知道我在想什么!

克莱斯跳起来,冲过房间,打翻了椅子。

艾萝亚

够了。

艾萝亚走过去，把手放在水晶上，刹那间，思维的交响曲停止了。

完

  我依然记得在《亚特兰蒂斯》的后半部分，我们遇到了多少麻烦，而我当时又是多么依赖于我的体系的指引以到达结尾，还有我对它是否有帮助又感到多么不确定。不过，它最终还是有帮助的。

  下面，我将要把我的故事结构体系详尽地阐述出来——你可以自行判断。如果你不喜欢——如果你认为我的体系中没有具有基础性和普遍性的东西——它只是我的个人癖好的话，你也没有什么损失，只要忽略它就行。你可以使用其他的结构，用四幕或半幕，或者根本不分幕的方法去写作你的剧本。你也可以在剧本的半途抛弃你的冲突，让它悬而未决，或将其转换为一个全然不同的冲突，甚至彻底忽略冲突的概念。对此，我完全无所谓。

  至于《谋篇布局》呢？那是一种永远乞灵于思维模式的设想。计算机的到来使之不可避免地重生了，而数字处理显然会使其更为适用。《谋篇布局》的当代化身可称作"想法发生器"。在激励过库克的同一种信念的鼓舞下，两套软件——"故事基地"（Storybase，从前叫做"无限情节"[Plots Unlimited]）和"戏剧技术"（Dramatica）出现了。"故事基地"是一个情景生成程序，它允许你把人物、动作和思维模式输入一个下拉式菜单，然后它就会在满足你故事条件的前提下，创造出建议性的情景。据其网站（www.storybase.com）声称，这一系统能根据作者输入的数据产生 3900 种以上的潜在叙事情景。而"戏剧技术"则依据排除法工作，其原理是作者必须在各种可能的故事中排序，从中确定最佳的一个。本质上，这个软件是一个"故事引擎"，它向作者提出各种问题并根据答案提供故事的选项。当各种可能被穷尽后，"戏剧技术"便会为你设计出未来剧本的草稿。

这些程序同市面上其他电影剧作产品一样，都以各种煞有介事的推荐而自相夸耀。"故事基地"被剧本顾问克里斯托弗·沃格勒（Christopher Vogler）称颂为"一个聪明的软件"，还受到《剧本》（Script）和《艾美》（EMMY）杂志的赞誉。"戏剧技术"则被《作家文摘》（Writer's Digest）给予了"优秀"的评价。《西岸后台》（Back Stage West）杂志称"关于复杂的写作技巧，它能教你的，比市面上的任何其他产品都多"。艾米·萨尔茨曼（Amy Saltzman）和爱德华·贝格（Edward Baig）在他们为《美国新闻和世界报道》（U.S. News and World Report）撰写的一篇文章中，赞美了这种"想法发生"软件的信念，并猜想莎士比亚、爱迪生或毕加索假如能运用这种科技的话，又该作出何种成就。而我却怀疑，这反倒会使他们在各自的轨道上束手待毙。我的意思是，如果机器能够复制创造性的过程，还费什么劲呢？打开机器，只管下酒馆去好了。需要作决定的时候，你的玩具猴子都可以随机按键。记住，假如世间所有人都能使用同样的机器，那么按照这一信条，似乎不论是谁，只要他最先按下开关，就会成为毕加索。

但是，经销商们也宣称，这些程序不能替你写剧本。真的吗？在我听起来，似乎往机器里扔进一个角子，它就会吐出若干选择，再扔一个，以此类推。然后，机器会逐场炮制出故事大纲，你只要填上人物名字并写作对话就行了。这些东西，不过是各行各业都在进行的以机器取代人类的尝试中的一部分罢了。它们能奏效吗？这可难倒我了。假如我迫于压力，不得不搞出一大堆剧本——比方说写电视剧——也许我会试试看。你呢？

习题：

1. 审视你最喜爱的影片的结构，标注出三幕的结束点。第一幕的结尾发生了什么，使故事的冲突得以定义？

2. 第二幕在哪个时刻结束，人物不再可能从冲突中退出（不归点）发生在何时？

3. 影片第三幕结尾发生了什么，使冲突得以解决？

4. 简要归纳影片的冲突。人物之间的议题是什么,他们的不同观点是什么?议题怎样被提出?

5. 你能否说出一本剧本"奏效"的坏电影?(冲突在正确的点上得以标识,影片有恰当的不归点)

第2章 通向对结构的定义

咱们别说得太物质了[1]

电影编剧就像木工活。

——威廉·戈德曼[2]

直到写作本书之前,我从未想过对"结构"一词作出定义。它似乎是某种不言自明的东西。话虽如此,我还是说说吧:

故事结构(story structure)是存在于故事各元素间的一组预先定义的关系,它使最终的故事得以形成。

作为一个建筑术语,结构指的是支撑着一座建筑的梁和墙。一幢房屋的结构承担两个功能:(1)决定房屋的形状;(2)将房屋的各个部件结合在一起。将结构类比到故事里是很确切的,然而,一幢房屋的结构却显然是肉眼可见的物质实体。如果你在墙上打个洞,便能看到组成房屋结构

---

[1] 原文为 Let's NOT Get Physical,在英语中有双关含义,原意为"咱们别动手打架"。——译者注
[2] William Goldman,生于1931年,美国小说家、剧作家、电影编剧,作品包括《虎豹小霸王》(*Butch Cassidy and the Sundance Kid*, 1969)、《总统班底》(*All the President's Men*, 1976)、《遥远的桥》(*A Bridge Too Far*, 1977)、《公主新娘》(*The Princess Bride*, 1987)、《危情十日》(*Misery*, 1990)等,曾两度获得奥斯卡最佳剧本奖。——译者注

的梁和横条。即使房屋结构中的某些部分隐藏着，但梁和柱肯定还能露出来。在造型艺术中，结构通常以底稿的形式出现。当然，艺术多种多样，但在很多传统形式如意大利文艺复兴绘画中，底稿是隐藏起来的。画家先以铅笔在画布上勾勒，这便是绘画的结构（尽管画家不使用这一术语，而代称以"构图"）。当画家将颜色填充上去以后，底稿便看不到了。但是，它并非绝对不可见的，以 X 光扫描画布，你便能看到它，艺术品保管员便这么做。

但在一个故事里，X 光什么也揭示不出来。这是因为，其结构并非具象的。它是概念性的，是一种抽象物。故事的结构由语言组成，但这些语言在剧本中却不会出现。它们要么在作者的脑海中漂浮，要么在合作者或制片人口中谈论，要么以故事大纲或处理意见的方式写下来。即使对一个博学多识的人而言，探测故事结构的唯一方式，也只能是审视故事，从其可见的成分中推测其结构，在对地点、人物、对话和事件的描述中略窥一二。

尽管如此，故事结构偶尔也是可见的。在一本书里，书页上方的"第一章"就是结构的一种可见形态。但在电影里很少给出这样的标识，除非你想要如此——其实是制片人想要如此。你可以在银幕上贴上标题——第一幕、第二幕等等。如果你这样做了，那便使故事结构成为了可见的片段。伍迪·艾伦（Woody Allen）在《汉娜姐妹》（*Hannah and Her Sisters*，1986）中用银幕标题来分段，昆汀·塔伦蒂诺（Quentin Tarantino）在《低俗小说》（*Pulp Fiction*，1994）中也是如此。它们只是标签，使观众了解影片是——比如说"丹·奥班农编剧作品"，正如罐头上的标签告诉你里面装的是"金宝牌猪肉豆子"或者其他的东西。

如果你在一幢房屋里排除了结构，它便会坍塌。所以，任何人在建筑房屋时都不会忽略结构。然而，如果你在写作电影剧本时忽略了结构，却不会发生什么明显的事。表面上，它看起来和一个有结构的剧本一模一样，纸页是不会四分五裂的。只有当你的剧本令他人无法忍受时，你才会意识到，你的故事坍塌了。

故事结构是用以描述故事中各种成分之间关系的一种不可见的构造。它是一个量体裁衣时用的模型，向你展示故事的手和腿在哪里。它是一个模板，指示你窗户（或大或小）开向何处，而你的创造性就存在于其中。发明故事结构的目的是保证观众把一部电影从头看到尾。

说得更简单些，故事结构是你确保故事主题得以完成的方式。如果少了什么东西，结构会向你展示到底少了什么、哪里少了。它是规范的、严格的，但同时也是有力的。本书讲的就是故事结构的力量。或者说，它讲的其实是故事结构赋予你的力量。

习题：通向结构的定义

1. 说出一部使用了银幕结构标识（章节标题、超电影的场景变换等等）的影片。这些标识在定义影片结构中起到怎样的功能？它们是像传统的分幕标识那样起作用，还是创造出了独特的结构体系？

第 3 章　他人的体系
写给那些误买了本书的人

　　假如你在头脑里留下极小的一块角落，让它空白片刻，其他人的观点会从四处蜂拥而至。

——乔治·萧伯纳

　　我承认，我的体系并不是整个世界。因此，在我向你们展示它之前，让我们先看看其他人关于故事结构都说了什么。在谈到戏剧结构时，有六个权威的名字被提到最多。其中五个人都就此有过著述。（第六个是易卜生，我们留待第 7 章讨论。）现在我们先看看前五个。关于如何让故事奏效，他们的话都颇有教益。

亚里士多德：情节至上

> 关于悲剧，任何现实主义的观点都必须发端于灾难性结局这一事实。悲剧以不幸结尾。悲剧人物被摧毁……悲剧是不可挽回的。对过往的痛苦，它不可给予公平和物质性的弥补。
>
> ——乔治·施泰纳（George Steiner）
> 引自《悲剧之死》（*The Death of Tragedy*）

亚里士多德的《诗学》写于 2300 多年前的希腊，是现存最早的对戏剧技巧的研究。[①]而我们的概念相较那时已经大大演化了。此外，粗略看来，《诗学》是令人费解的。亚里士多德在书中时常漫无边际，这使该书看起来像一堆课堂笔记。不过亚氏还是有很多确凿概念的，仅仅出于好奇的话，也值得去探讨一番。（鉴于《诗学》影响甚广，我在这里将不局限于引用原文。干吗要照单全收呢，是吧？）

亚里士多德认为，戏剧起源于人类对"摹仿"艺术的自然嗜好。所谓摹仿艺术，他指的是任何形式的代表性描述——从肖像画到舞蹈，再到学鸟叫。而被称为"戏剧"的特定艺术则被解释为"对人类行为的摹仿"。他声称，悲剧是从史诗（例如《伊利亚特》[*Iliad*]和《奥德赛》[*Odyssey*]）中演化而来，而索福克勒斯（Sophocles）则将画景引入了舞台。[②]

行动

亚里士多德告诉我们，悲剧是一种"对高贵性格的行为的模仿"，通过引发怜悯、恐惧使观众的情感得以宣泄和净化。这种使观看者筋疲力尽

[①] 引文（以及若干释义）主要引自普莱斯顿·H·艾普斯（Preston H. Epps）的《诗学》译本，教堂山，北卡罗莱纳大学出版社（Chapel Hill, University of North Carolina Press），1942、1970 年。
[②] 《诗学》，陈中梅译注，商务印书馆，1999 年，第 4 章。本书引文均采用这一译本。——译者注

的紧张疏泄，是悲剧给予人的"特殊愉悦"。①

因此，悲剧描述的是**行动**（action），而行动的动因又分两种：性格（character）和思想（thought）。"人的成功与失败取决于自己的行动，"亚里士多德说。他将性格定义为"习惯性的行动"，而"思想"则是"性格说出的一切"。②你可以看出，亚里士多德在这里竭力澄清他的想法——不过在此之前，从来没有人写过这样的东西。当时戏剧出现还不久，这是第一次有人尝试弄清它是什么。

悲剧六要素

亚里士多德的悲剧由六种要素组成：

（1）情节（plot，这里的情节指对事件的安排）

（2）性格指示（character indicators，我们凭此判定人的品质）

（3）思想（thought，论证事物的真伪或讲述一般道理时，人物所说的一切）

（4）戏景（spectacle），指舞台效果如血迹等

（5）修辞（diction）

和（6）唱段（song），与我们当前的讨论无关。

这些信息对电影编剧都无甚帮助。

情节

按照亚里士多德的说法，"事件的组合是诸成分中最重要的，因为悲剧摹仿的不是人，而是行动和生活。"③

他接着写道，"人的幸福和不幸均体现在行动之中……所以人的性格决定他们的品质，但他们的幸福与否却取决于自己的行动。所以，人物不是为了表现性格才行动，而是为了行动才需要性格的配合。"④（亚里士

---

① 引自弗朗西斯·弗格森（Francis Fergusson）为萨缪尔·亨利·布彻（Samuel Henry Butcher）的《诗学》译本所作的序言，纽约，麦克米兰出版社（New York, Macmillan），1961年。
② 《诗学》，第6章。
③ 同上。
④ 同上。

多德显然从未和那些击鼓叫嚷"人物！人物！人物！"①的制片公司管理层开过故事策划会。）"由此可见，事件，即情节是悲剧的目的……此外，没有行动即没有悲剧，但没有性格，悲剧却可能依然成立。"②（且不论这话什么意思！）"再则，要取得我们所说的悲剧的功效，只靠把能表现性格、言语和思想处理得很妥帖的话语连接起来是不够的；相反，一部悲剧，即使在这些方面处理得差一些，但只要有情节，即只要是由事件组合而成的，却可在上述目的方面取得好得多的成效……因此，情节是悲剧的根本，用形象的话说，是悲剧的灵魂。"③这里，推论被严重扭曲了，但亚里士多德想说的其实就是：少点废话，多点行动。电影编剧们都曾不断地被劝告"展示，不要告诉"，这话他们太熟悉了。所以，在这一点上，亚氏说得没错。

性格指示

性格指示是任何可以展现人物选择的行动。正如我们的希腊哲人所说，"因此，一番话如果根本不表示说话人的取舍，是不能表现性格的。"④

一个悲剧性格必须是"好"的，如果抉择是好的，也就表明性格是好的。"每一种人中都有自己的好人，妇人中有，奴隶中也有。"⑤

三一律

亚里士多德称，悲剧摹仿是对一个"完整划一，且具有一定长度的行动的摹仿"。"一个完整的事物由起始、中段和结尾组成"——换言之就是三幕，尽管他本来指的不是这个。但至少，他对结构有其思考，并且诉诸于文字了。而我这么做，至多是因为这感觉正确。（关于这一问题，第

---

① 人物和性格在英文中是同一个词：character。——译者注
② 《诗学》，第6章。
③ 同上。
④ 同上。
⑤ 《诗学》，第15章。

10章将详加论述。)

接下来，亚里士多德解释了戏剧作品中三种统一：地点的统一、时间的统一和行动的统一。简而言之，戏剧应当发生在一地内、一天内，且不包含任何对情节而言不必要的东西。在电影叙事中，这三种统一的功能已经发生了很大的变化，但为了完整起见，我们在下面将复习一下。

地点的统一

希腊人不太擅长场景的转换，因此，他们的戏剧只有一个布景——通常是在神庙前面。而凭借现代电影剪辑（更不要说，自亚里士多德生活的时代起，交通所取得的巨大进步了），一个单一的戏剧故事现在已经可以在世界各地发生。你能设想一部《007》系列电影中，邦德从来没有离开M[①]的办公室吗？

时间的统一

亚里士多德说，"悲剧尽量把它的跨度限制在太阳的一周或稍长于此的时间内。"[②]换言之，在一个故事中，行动的展开不能超过戏剧时间的一天。这一规则在电影媒介中同样发生了极大改变。现在，电影故事可以在一年、十年甚至百年中发生。在《2001太空漫游》（*2001: A Space Odyssey*，1968）中，斯坦利·库布里克用一个剪辑便叙述了太空中的数百万年，这是电影史上最著名的瞬间之一。然而，缩短时间框架却能使你的故事取得极大的紧张和集中，即使这激烈了一些。在我尚未投拍的剧本《杂食动物》（*Omnivore*）中，故事便在不到24小时之内发生——从日落之前到次日黎明。它给人以实时上演的印象。事实上，还有些影片也是这么做的。（我们在第11章将详细探讨一部这样的影片——《出卖皮肉的人》。）

[①] 詹姆斯·邦德的上司。——译者注
[②]《诗学》，第5章。

行动的统一

"事件的结合要严密到这样一种程度,以至于若是挪动或删减其中的任何一部分,就会使整体松裂和脱节。如果一个事物在整体中的出现与否都不会引起显著的差异,那么,它就不是这个整体的一部分。"[1]这一规则在现代叙事中或多或少仍然有效,数十年来,它都是电影剧作不可动摇的基石。不相信吗?试着把一个全然无必要的音乐剧段落加进一个坚毅的动作惊悚剧本。看看故事发展部门会告诉你先删掉哪一场戏?

可然和必然

"在简单情节和行动中,以穿插式的为最次。所谓'穿插式',指的是那种场与场之间的承继不是按可然或必然的原则连接起来的情节。拙劣的诗人写出此类作品是因为本身的功力问题……"[2]

而优秀的诗人(亚里士多德用此指称叙事者)却是以"因果关系"来构筑情节的,"如此发生的事件比自然或偶尔发生的事件更能使人惊异,因为即便是出于意外之事,只要看起来是受动机驱使的,亦能激起极强烈的惊异之情,比如阿尔戈斯的弥图斯塑像倒下来砸死了正在观赏它的、导致弥图斯之死的当事人一事……此种事情不会无缘无故发生。所以,此类情节一定是出色的。"[3]由此看来,尽管语言上有点拖泥带水,亚里士多德却是一个因果情节的拥护者。(值得注意的是,亚里士多德对戏剧价值的评判标准是"强烈的惊异",这指的便是观众的反应。)

恐惧和怜悯:悲剧人物

接下来,是他关于恐惧和怜悯的著名格言:

> 悲剧摹仿的不仅是一个完整的行动,而且是能引发恐惧和怜悯的

---

[1]《诗学》,第8章。
[2]《诗学》,第9章。
[3] 同上。

事件。此类事件若是发生得出人意外，但仍能表明因果关系，那就最能（或较好地）取得上述效果①……既然情节所摹仿的应是能引发恐惧和怜悯的事件（这是此种摹仿的特点），那么，很明显，首先悲剧不应表现好人由顺达之境转入败逆之境，因为这既不能引发恐惧，亦不能引发怜悯，倒是会使人产生反感。其次，不应表现坏人由败逆之境转入顺达之境，因为这与悲剧精神背道而驰，在哪一点上都不符合悲剧的要求——既不能引起同情，也不能引发怜悯和恐惧。再者，不能表现极恶的人由顺达之境转入败逆之境。此种安排可能会引起同情，却不能引发怜悯或恐惧，因为怜悯的对象是遭受了不该遭受之不幸的人，而恐惧的产生是因为遭受不幸者是和我们一样的人。介于上述两种人之间还有另一种人，这些人不具十分的美德，也不是十分的公正，他们之所以遭受不幸，不是因为本身的罪恶或邪恶，而是因为犯了某种错误。这些人声名显赫，生活顺达……②

或者，正如霍华德和马布里（很快我们就会说到他们）在两千年后简洁表述的那样，理想的悲剧主人公是"一个不那么完美，但不全然卑鄙的人物"。

命运的转变

突转，如前所说，指行动的发展从一个方向转至相反的方向；我们认为，此种转变必须符合可然或必然的原则。例如在《俄狄浦斯》（*Oedipus Rex*）一剧里，信使的道路本想使俄狄浦斯高兴并打消他害怕娶母为妻的心理，不料在道出他的身世后引出来相反的效果③……发现，如该词本身所示，指从不知到知的转变，即使置身于顺达之境或败逆之境中的人物认识到对方原来是自己的亲人或仇敌。最佳的发

---

① 《诗学》，第9章。
② 《诗学》，第13章。
③ 《诗学》，第11章。

现与突转同时发生，如《俄狄浦斯》中的发现。当然，还有他种发现……但是，和情节，即行动关系最密切的发现，是前面提到的那一种，因为这样的发现和突转能引发怜悯或恐惧（根据上文所述，悲剧摹仿的就是这种行动）；此外，通过此类事件还能反映人物的幸运和不幸[①]……如果是仇敌对仇敌，那么除了人物所受的折磨外，无论是所做的事情，还是打算做出这种事情的企图，都不能引发怜悯。如果此类事情发生在非亲非仇之间，情况也是一样。[②]

这个亚里士多德真是条硬汉。

他接着论述道：

但是，当惨痛事件发生在近亲之间，比如兄弟杀死或企图杀死兄弟，儿子杀死或企图杀死父亲，母亲杀死或企图杀死儿子，儿子杀死或企图杀死母亲或诸如此类的可怕事例，情况就不同了。诗人应该寻索的正是此类事例……可以像早先的诗人那样，让人物在知晓和了解情势的情况下做出这种事情——亦即如欧里庇得斯所做的那样：他笔下的美狄亚便是在此种情况下杀死了自己的孩子。人物亦可作出行动，但在做出可怕之事时尚不知对方的真实身份，以后才发现与受害者之间的亲属关系……除此之外的第三种方式是，人物在不知自己和对方之关系的情况下打算做出某种不可挽回之事，但在动手之前，因发现这种关系而住手……在这些方式中，最糟的是在知情的情况下企图做出这种事情而又没有做。如此处理令人厌恶，且不会产生悲剧的效果……最好的方式是上述的最后一种，我指的是下列情况，比如，在《克瑞斯丰忒斯》(Cresphontes)里，梅罗珮打算处死儿子，但在杀他的前一刻认出并赦免了他[③]……突转和发现是情节的两个成分，第三个成分是苦难[④]……

[①]《诗学》，第11章。
[②]《诗学》，第14章。
[③]同上。
[④]《诗学》，第11章。

苦难[1]

"苦难指毁灭性的或包含痛苦的行动，如人物在众目睽睽之下的死亡、遭受痛苦、受伤以及诸如此类的情况。"[2]这一定义与心理学家詹姆斯·吉利根（James Gilligan）的发现相一致。在一系列广受赞誉的著作里，吉利根研究了暴力的现象及其心理，他宣称"悲剧总是暴力的"。[3]因此，按照这一定义，《德州电锯杀人狂》（The Texas Chain Saw Massacre，1974）就是一切故事中最具悲剧性的一个，它有着极端的暴力、众目睽睽之下的死亡、发现和突转……只是，它没有高贵的性格。（抱歉，托比。[4]）

解[5]

亚里士多德接着论述道："发现或突转……应出自情节本身的构合。如此方能表明它们是前事的必然或可然的结果。这些事件和那些事件之间的关系，是前因后果，还是仅为此先彼后，大有区别[6]……由此看来，情节的解显然也应是情节本身发展的结果，而不应借'机械'[7]的作用，例如在《美狄亚》（Medea）和《伊利亚特》的准备归航一节中那样。"[8]在古希腊戏剧中，deus ex machina（字面意思是"由机械送出来的神"）是一部升降机，它载着装扮成神明的演员降到舞台上，使人物的所有问题在神意的干预下得到解决。今天，这一广为人知的术语指的是任何从事件之外闯进故事，并

---

[1] 原文为 the tragic experience，有悲剧体验的含义，为统一起见仍然采用陈中梅的译文。
[2] 《诗学》，第 11 章。
[3] 《暴力：对一种国民流行病的思考》（Violence: Reflections on a National Epidemic），纽约，复古图书（New York, Vintage Books），1997 年，第 6 页。
[4] 作者指的是该片的编剧和导演托比·霍珀（Tobe Hooper）。——译者注
[5] 原文为法语 denouement，通常译为结局。与解（拉丁文为 lusis）相对的是结（拉丁文为 desis）。作者下面将对这个词给予解释。——译者注
[6] 《诗学》，第 10 章。
[7] 原文为拉丁语 deus ex machina，通常译为解围之神，为统一起见仍然采用陈中梅的译文。作者下面将对这个词给予解释。——译者注
[8] 《诗学》，第 15 章。

在最后一刻解决事件的东西。该设计由于经常导致观看者产生被骗的感觉，所以依然不受赞成。而观看者之所以会产生这种感觉，是由于他把情感和思虑投入到人物的窘境中，而结局却与此毫不相干。（但是，我必须提到，我一生中观看和制作过的电影告诉我，在恰当的环境下，解围之神挺管用的——骑兵来了，等等等等。）

亚里士多德说，"一部悲剧由结和解组成……所谓'结'，始于最初的部分，止于人物即将转入顺境或逆境的前一刻。所谓'解'，适于变化的开始，止于剧终。"[1]Denouement 是个法文词汇（译自亚里士多德的希腊语），意味着"解开（例如绳结）"，指的是故事的结局。而在我的三幕结构里，解也许直到不归点才开始——这就是说，它将构筑第三幕。我听说，这一术语也可以被用作"收场白"的同义词。它指的就是当冲突解决之后，故事最后面的那个简短的场景。观众们在这里得以稍作舒缓，再离席回家。鉴于其含义模糊，我总是回避使用"解"这个词。

至此，亚里士多德的探讨已经差不多被我们榨干了。这就是《诗学》，话说回来，它是部晦涩难解的著作。当然，它很有历史价值，但就电影编剧而言，其内容要么过于古怪，要么早已被我们的剧作法消化吸收了，以至于我们可以不用再去刻意考虑它。

亚里士多德对动作的强调是非常电影化的，我喜欢他的这种具体。这些规则是你真正能够运用的。例如，关于人物刻画，他的对策如下："……行动若能显示人的抉择（无论何种），即能表现性格。"[2]比较一下霍华德和马布里的话："人物塑造的精髓在于揭示人物的内在生活。"话说得很好，可他们没有告诉你怎样作出这种揭示。而亚里士多德却告诉你：让人物作出抉择。

---

[1]《诗学》，第18章。
[2]《诗学》，第15章。

习题：亚里士多德

1. 在你喜爱的影片中选择一部，用亚里士多德的三一律分析其结构。影片是否表现了"地点的统一"（场景设置在一幢特定的建筑、一个具体的社区、单独的一座城市内）？叙述的长度是否用电影的方式表达了"时间的统一"？影片是否遵循了"行动的统一"原则，没有对情节而言不必要的人物和场景出现？

拉约什·埃格里：避开那"砰"的一下

抓住一个身处于困境中的人物并详加叙述，几乎是任何故事的基础。

——杰西·希尔·福特[1]

拉约什·埃格里的《编剧的艺术》（*The Art of Dramatic Writing*）出版于 1942 年。[2] 在某些人看来，它几乎和亚里士多德的《诗学》一样古老。但时至今日，此书依然和埃格里当初撰写它时具有同等的影响力，这使其在众多"论述写作"的必读书目中都占有一席之地。

有些作者虽然写过怎样撰写电影剧本的书，但本人却鲜有为人所知的作品。与这些人不同，埃格里建树颇多。十岁时，他便写了第一部三幕剧。三十五年间，他一直在欧洲和美国撰写并执导舞台剧。同时，他还担任过好莱坞的编剧顾问，并亲任设于纽约的埃格里写作学校的校长。《编剧的艺术》主要是为剧作家的舞台剧写作而设计的，但书

---

[1] Jesse Hill Ford，1928—1996，美国作家。——译者注
[2] 本书中文版由后浪公司 2013 年出版。——编者注

中的很多理论和观点同样适用于电影剧作。

人物即是一切

亚里士多德教导说，情节是一切戏剧背后的驱动力，性格（人物）仅仅是为了执行情节而存在。埃格里与亚氏不同，他坚信人物才是戏剧的基石（实际上，所有现代叙事学者都持此观点），以至于他把书的副标题都命名为"基于人类动机的创造性阐释"。对埃格里而言，人物是"最有趣的现象"，任何作家只要试图围绕情节构建人物而非相反，就会创造出勉强的、夸张的人物，他们不会像生活在真实环境中的人那样活灵活现。

前提

奇怪的是，尽管给予人物以首要地位，埃格里却不认为一出戏最终可以以人物开始。在戏中的任何其他东西（人物、情节、布景、气氛）确立之前，埃格里主张，作家应该形成一个在剧中试图证明的前提（premise）。前提是一个单纯的概念，表达了作者的一种普遍性信念。（"伟大的爱情战胜死亡"是《罗密欧与朱丽叶》的前提；而易卜生的《群鬼》试图证明"父辈的罪孽会殃及子女"。）作者必须把他的前提当作绝对的真理来信仰，否则他的戏就会给人虚假和机巧的印象。按照埃格里的说法，一旦前提建立了，剧中的一切元素便会井井有条。作者将会知道对于证实前提，什么样的人物和情节是必要的，并得以展开自然的戏剧进程以证明此前提。因此，前提可以看作全剧的微型主题大纲。[①]

唔，这听起来像是一个"前提驱动"而非"人物驱动"的故事体系。不当地运用这一理念，可能会导致说教、生硬的戏剧，剧中的人物仅仅是把剧作家的观点喋喋不休地讲出来而已。埃格里意识到这一潜在的问题，便经常收回他对前提首要性的陈述。在宣称前提对形成一部戏多么重要后，他也说剧作家不必以前提开始，他可以围绕"一个人物、一个事件甚至一

[①] 以埃格里的方式表述《异形》的前提，就是"傻瓜才一头扎进连天使都不敢涉足的地方"。

个思想"来建构戏剧。接着，他又彻底推翻了自己，声称如果没有一个有力的前提，"那就不可能了解你的人物"，一旦你选择了前提，"你和你的人物就成了它的奴隶"。这里的思考有点草率了，观点没有完全得以领悟。埃格里对于人物还是前提哪一个才是他体系的基础并不确定。粗心的作者可能会因此陷入麻烦。（我个人认为，前提正如埃格里定义的那样，也许是一个好故事固有的。但前提不应先行。也许，更好的方式是在素材中寻找它，以你的人物和情境玩味"前提"而非相反。）

回到人物

尽管埃格里在"作为戏剧的关键，人物应当优先"这一议题上有些含糊其辞，但他的确澄清了一点——在有效的戏剧叙事中，人物有决定性作用。他认为人物是由生理、社会、心理因素共同形成的，作家必须牢牢把握人物个性中的这三个方面，方能说人物有了三个维度。为了从三个维度上对人物给予回答，作家必须从三个侧面牢牢把握人物的个性。即使剧作家没有把特定的细节公开地容纳进来，了解它们也是很有益处的，这有助于回答任何在构筑故事的过程中产生的、关于人物行为的恼人问题。（我的人物真的会那么做吗？）埃格里同时也相信，真正生活并呼吸着的人物必须经历变化，只有在"糟糕写作的领域"里，人物面对降临在他们面前的事件，才会"抗拒自然法则"，保持原状。冲突激发变化，一个人物在面临挑战时作出的决定告诉观众他究竟是谁（这和亚里士多德所说的完全一致，他把选择性的行动叫做"刻画性格"）。一个人物还必须拥有足够强大的意志力，才能确保冲突得以解决。埃格里断言，"真正薄弱的人物是不到万不得已不肯去斗争的人"，除非你把你的人物放置到一个迫使他完成冲突的环境中，否则他不会成为戏剧的有效引擎。（这一被迫的态势——人物除了解决冲突别无选择，正是不归点概念的精髓所在。）

主使人物

对埃格里而言，一部戏的主使人物是推动了冲突，并在斗争中"居于主导地位"的人，他在"实现目标的努力中摧毁什么，或者使自己被摧毁"。这一概念迷人地澄清了通行的、将"主人公"和"反面人物"等同于"英雄"和"坏人"的歧义。没有人会否认，伊阿古是《奥赛罗》(Othello)中的坏人，但他却推动了冲突，成为了埃格里的"主使人物"、"主人公"，而奥赛罗却成了"反面人物"。英雄也好，坏人也罢，主使人物之所以成为主使人物，"不是因为他愿意，而是出于真正的需求"。他的欲望必须强烈，他与目标间的距离必须遥远。只有推动冲突，他才有可能实现目标。由于开启了故事的主使人物已经在向目标开火了，因此相对于其他人物，他的发展要少一些。由于他了解自己的目标，因此在故事开场时，他便已经接近了极端，想想看吧，伊阿古在莎士比亚的戏里变化极少，而奥赛罗却像坐上了过山车一般。

对立统一

埃格里论述说，为了使戏剧有效，人物之间必须得到恰当的"编排"。如果你的人物在理念、说话方式、个人态度上过于相似，他们之间的自然冲突就会减少，你的戏剧效果就会被削弱。相反，如果能恰当地将人物安排得彼此敌对，作家就能实现埃格里所说的"对立统一"，主使人物和对立人物间的僵局只有在"一方或双方被耗尽、被击败或者最终被消灭时方能解开"。一部戏剧要达到最大的冲击力，对立双方间妥协的可能性就必须从等式中去除——要么产生一个胜利者，要么双方都输个精光。如果双方都获胜，你的故事就会像变质的香槟酒一样。

切入点

埃格里认为，在一个恰当的"切入点"开始故事是非常关键的。很多电影编剧权威都使用这一术语，但含义却各不相同。在埃格里看来，"切入点"意味着在故事开始时，"至少会有一个人物来到了其命运的转折点"。

如果你把时间浪费在静态人物上，或者在转折点已经过去之后才进入戏剧，那么戏就会"砰"地一下死掉。戏剧就像《安妮·霍尔》（Annie Hall，1977）中用来比喻恋情的鲨鱼：它必须一直游动，否则就会死亡。

冲突

当然，冲突是戏剧的基础，是切入点的起点。埃格里并未对冲突本身作出定义，却归纳了冲突的四种类型，其中只有两种对戏剧创作是有用的。

缓步升级的冲突在高潮的爆发前建立起张力，使观众醉心于观看行动如何随着故事的发展逐步上升（这一描述实际上和我自己创造戏剧冲突的方法相当一致）。同样有效的还有"预示"的冲突，人物之间的张力或由于对过往事件的知晓而预示出的潜在冲突随着故事向高潮迈进而瓜熟蒂落。然而，作家们应当避免静态冲突（人物没有欲望，不知道自己要什么），以及跳跃冲突（你在你的故事里向前跳得太远，事件之间的过程似乎动机不明，并非被真实的人物和情景所激发）。埃格里为这一形式给出了如下例证：如果一个品行基本端正的人发现他需要买一件新外套，他首先采取的解决方案不会是抢银行。而在戏剧里，我们可以把他带进一个恶性循环，抢劫银行这一与他先前的人生哲学完全不符的行动，很快就将成为他的唯一选择。

过渡

埃格里还谈到了过渡的重要性。这一概念指的是，人物应当在情感上永远处于流动状态，"我们从来不会在两个连续的时刻中保持不变"。而我们的戏剧应当对此有所反映，人物的体验微妙地变幻、伪装、揭示，而故事则会把他们从情感的一极带向另一极。这种流动确保了你的冲突得以升级，确保了你的人物在剧中得到发展。

三步骤

与很多电影编剧权威不同（大概是由于他的书主要不是为电影编剧而

写的),在埃格里的体系里,结构的规则比较宽泛。他并未规定出正式的分幕,或指示说戏剧中特定类型的事件应当发生在特定的地方。

埃格里所提供的定义中,最接近结构体系的是戏剧的"三步骤",这与后来的写作智者悉德·菲尔德提供的名字非常相像(参见后面的章节)。

埃格里的三步骤

冲突的建立导致：

危机进入对立人物的生活,使张力增加,直到——

高潮,一切瓜熟蒂落,两种力量狭路相逢,殊死搏斗。这一情景自然地导致——

结局,胜利者从冲突中凯旋而归,前提得以证明。

埃格里还宣称(我得说,这至关重要),剧中的每个场景都应以"危机—高潮—结局"的结构为镜像,每个小危机的结局都使我们朝着最大危机的结局更进了一步,结局最终证明全剧的前提。

对话

作为一个剧作家,埃格里自然比电影剧作权威们更为重视对话。毕竟,对话是舞台上传递信息最主要的手段,因此就比在以影像负担故事的电影里更具重要性。如果你能牢记对话与电影剧作的关联性和舞台剧有所不同的话,埃格里倒给出了一些有价值的建议："只有去掉不必要的空话,你才能表达出观点。""要让人物说出符合其身份的话。""你的戏不是肥皂盒。"(呃,最后一句对主要为证明前提而存在的人物而言有点难,但说得也对。)

为了证明他的戏剧理论,埃格里提供了大量的长篇例证。他主要引用了莫里哀的《伪君子》(*Tartuffe*)、莎士比亚的若干作品、特别是易卜生的《玩偶之家》(*A Doll's House*,参见本书中的易卜生作品结构分析)。这些例证非常有用,但埃格里引用的很多其他戏剧,虽然对一个生活在1946年的普通读者而言并不陌生,在今天却已经鲜有人知了。出于同样的原因，你可以略过最后一章"怎样行销你的戏"，自"二战"以来，行情已经大不一样了。

我认为，当你对剧本精雕细琢时，埃格里很不错。它并不是为初学者准备的。当你首先试图推敲出一个可靠的结构时，他的想法并不能真正帮助你去芜存菁。然而，他却是一座富含有用对策的金矿，能够使你的剧本更加严密。我认为，他的概念最好运用在修订中。

习题：拉约什·埃格里

1. 使用你在亚里士多德那一节的习题中选取的同一部影片，按照埃格里的术语，言简意赅地定义影片的前提。

霍华德和马布里：熨平褶皱

> 第一幕讲述人物是谁、整个故事的情景如何。第二幕中，情景的进展使冲突和问题到达高点。第三幕讲述冲突和问题如何得到解决。
>
> ——厄内斯特·莱曼[①]

在那些声誉显赫的电影剧作权威中，有两个名字是人们时常提到的：大卫·霍华德（David Howard）和爱德华·马布里（Edward Mabley）。他们的畅销书《编剧的工具：电影剧作技巧和元素指南》（*The Tools of*

[①] Ernest Lehman, 1915—2005, 美国编剧, 作品包括《国王与我》（*The King and I*, 1957）、《西北偏北》（*North by Northwest*, 1959）、《西区故事》（*West Side Story*, 1961）、《音乐之声》（*The Sound of Music*, 1965）、《灵欲春宵》（*Who's Afraid of Virginia Woolf ?*, 1966）等, 曾六度获得奥斯卡最佳剧本提名, 并于2001年获奥斯卡荣誉奖。——译者注

Screenwriting: A Writer's Guide to the Craft and Elements of a Screenplay）实际上是在另一本书的基础上写成的。1972 年，马布里写作了一部论述编剧技巧的书：《戏剧构造》（Dramatic Construction）。二十年后，霍华德为电影剧作修订了本书。在书中，霍华德还容纳进了他的导师、著名学者弗兰克·丹尼尔（Frank Daniel）的很多深刻见解。

这三个人都是重量级的学者。霍华德是我的母校南加州大学电影电视学院（USC School of Cinema-Televison）电影编剧研究生课程的创立者。马布里是一个剧作家，曾在纽约新社会研究学院（New School for Social Research）任教，逝世于 1984 年。丹尼尔则曾经执掌过许多世界著名的电影学校，例如美国电影学院的高等电影研究中心（Center for Advanced Film Studies at the American Film Institute）、圣丹斯学院（Sundance Institute）、南加州大学电影电视学院等。我离开南加州大学之后，丹尼尔才来到那里。我上学时，电影系（当时还叫这个名字）的编剧课程发展还不完善。如果当时是丹尼尔在主管，我大概会按照霍华德和马布里的方式去写作，你正在读的这本书也就不会存在了。

这本高水平的教科书不会把你引向歧途。它是一次对编剧艺术和技巧的睿智探讨，作者们保证能教给你种种我拿着杆子都碰不到的东西……例如怎样才能写得好。事实上，在他们书的开端就有一段解释，这使得我的方法像是一堆废话。丹尼尔在导言中说道：

> 相当多的教师和作者都谈到"三幕结构"却不谈三幕的区分，这些说法助长了这一暗示——讲述一个故事就像修一座桥……在现实中，故事是发展的，它的结构随着故事展开而变化，永远处在流动中。而且，为了讲述一个故事，不存在固定的、奏效的结构。每一个新故事都有其自身的蓝本，每一个故事都必须以新的方式创造。没有什么秘方，也没有什么空白的表格——仿佛只有把空白填上，故事才能形成似的。在论述编剧的书中，最糟糕的一件事就是往初学者的头脑中灌输一堆规则、常规、公式、对策和秘方……二流文人才会焦虑而不

智地相信并坚持这些秘方……行家里手、真正的大师寻找的是其中的原则。

我必须承认，我很难区分陈腐的规则和大师式的原则。事实上，对我而言，作者们在回避"结构"的恶行时，反而罗列了一大堆规则。他们谈论到前提、主题、目标、障碍、主要张力、第三幕张力、发现、揭示和顶点——但如果没有一个真正简明而强健的结构去使用它们，我就会被它们击倒。

既然他们未曾有计划地安排他们的体系，那么我来吧。话还是他们的，我不过是把它们挤到一处。

冲突的定义

某人非常渴望某种东西，并在获得它的过程中遭遇困难。

人物

人物塑造的精髓在于揭示其内在生活。

- 主人公和目标。电影剧本的主人公通常是主要人物。主人公的首要特征是实现特定目的的欲望。朝向目标的运动决定了影片的开始和结束。
- 障碍和反面人物。主人公及其目标构成了故事构造中的前两个元素，而各种各样的障碍构成了第三个。当一个明确对立人物出现时，他或她就被称为反面人物。
- 主要人物（主人公）在第二幕中取得变化和发展，或者至少，强烈的压力迫使人物变化，这一变化在第三幕中得以显现。

第一幕
把故事中的世界和重要人物介绍给观众，并且建置起主要冲突，而故事则围绕主要冲突建立。

第二幕
- 约占故事长度的一半，以顶点（culmination）为结束，顶点是电影剧本中的高点或低点，先前的一切事件都趋向于它。
- 包含一系列最迫切和紧急的障碍，总体而言可以被称为主要张力，并且归结为一件事："主人公是否会为他或她自己挺身而出？"
- 主要张力是第二幕中独一无二的冲突，在顶点时得到解决，于是便创造出一个新的张力，它可以被陈述为："下面将会发生什么？"

第三幕
（以转折和逆转），从顶点直接导向整个故事中高于一切的冲突的解决。

我并不打算把这本权威著作总结在上面这些文字里，但我希望再提到书中的几点独特见解，它们令我深受触动。

消极冲突

"为了创造冲突，不打算做某事（或者阻止某事），可以像积极地渴望某种事物一样有力。试图从某种情境中脱身，或者希望维持现状本身就是渴望某种事物。"

声嘶力竭

"编剧新手中有一种倾向，他们总觉得只要有喊叫、枪战、厮打或者其他形式的极端行为，就算有冲突了……冲突不是仅靠歇斯底里和过分的行为就能创造出来的。冲突的创造靠的是一个人物渴望某种难于取得和实现的事物。"

在影片《深渊》中我们就能看到这样的例子。埃德·哈里斯（Ed Harris）和玛丽·伊丽莎白·马斯特兰托尼奥（Mary Elizabeth Mastrantonio）在片中饰演一对夫妇。从所有的迹象上看，他们都彼此憎恨。打第一次相遇起，他们便彼此叫嚷："他们占了你的便宜！""你这根香肠！""我恨这婊子！"

看了一阵此类行为之后，观众就意识到人物其实是在原地踏步。影片的制作者似乎希望用这些吵吵嚷嚷就能创造一个冲突。[①]这两个人互相抨击了足有一小时，此时影片才揭示出其实两人彼此爱慕，侮辱不过是他们相互逗趣的正常状态。所以说，就算再怎么咆哮，那里也没有货真价实的冲突。

观众的厌倦

"为了阻止人物轻易地实现他或她的目标，必须设置障碍。如果赢得赛跑、完成画作、拯救生命都得来全不费功夫,观众们就会说,'那又怎样？'观众们失去兴趣，是由于环境中缺乏困难。"

希望和恐惧

"那么，为了保持观众对故事的参与，在其中创造戏剧赖以生存的情感反应，有没有什么秘诀呢？一言以蔽之：不确定性。"换句话表述这一概念就是：希望对恐惧。"如果影片的制作者能够使观众希望事件的某种转折而恐惧另一个……这一不确定的状态就会成为非常有力的工具。"没有恐惧，观众就会厌倦；没有希望，他们就会放弃（而且很早就放弃）。然而，通过把他们在这些情感中推来推去，你就能将他们牢牢钉在粘满了口香糖的座椅边缘。

前提

"前提……仅仅就是主人公为了实现目标而开始行动时，已经存在的全部情境，这包括与故事相关的全部背景材料。"（"从前有个人，瞧，他……"）请注意，这与拉约什·埃格里采用的同一个词"前提"（见本书上一节）用法全然不同。实际上《编剧的工具》概括出了一个与埃格里的"前提"非常相似的观念，并把这一概念叫做"主题"（theme）。

[①] 为了避免将行为和动机归因于那些应当或不应受到责难的人，我偶尔会假想出一个全能的个体——"影片的制作者"，用来指称对影片中的一切负责的人。

潜文本

"人物的表面状态和实际状态间的互相作用称为潜文本（subtext）。"书中引用了罗伯特·唐尼[①]的话以说明这一效果："大多数场景表现的不是眼下的问题。大多数人不愿直面事物，他们害怕那样。我认为，大多数人试图适应生活，但在这种适应的背后，压抑着恐惧或愤怒，或者两者皆有。"

戏剧反讽

霍华德和马布里把"戏剧反讽"（dramatic irony）只是定义为观众知道人物所不知道的东西。我认为，在反讽这个话题上，值得多花些时间，此处和其他地方一样有趣。关于戏剧反讽，语言学家 H·W·福勒（H. W. Fowler）说：

> 反讽是一种表达方式，它假设听众是双重的，其中一部分听到了应该听到的东西却并不理解，而另一部分听到弦外之音时，便意识到了更多，意识到了局外人所不理解的东西……双重听众对戏剧反讽亦即希腊戏剧式的反讽是必不可少的。那些戏剧有一种特质，它以特殊的方式提供给双重听众，一部分知道秘密，一部分则不知道。事实上，大多数希腊戏剧并不是杜撰的，而是根植于每个雅典孩子都耳熟能详的传说。这就意味着，所有的旁观者都先于将要发生的事掌握了其中的秘密。[②]而人物，例如潘特厄斯、俄狄浦斯以及其他人，却被蒙在鼓里。其中的一人也许会说出一些话，这些话对他和他在舞台上的同伴而言也许微不足道，但有心的听者却能听出其中孕育着即将到来的毁灭。通过戏剧角色所理解的表面含义和旁观者所理解的潜藏含义，

[①] Robert Towne, 1934—，美国编剧、导演，编剧作品包括《唐人街》（Chinatown, 1974）、《赤色分子》（Reds, 1981, 又译为《烽火赤焰万里情》）、《糖衣陷阱》（The Firm, 1993）、《碟中谍 1、2》（Mission: Impossible I & II, 1996、2000）等，曾因《唐人街》获奥斯卡最佳剧本奖。——译者注

[②] 与之大体类似的当代现象是，"每个人"在观看一部经典影片之前，已经知道了其中主要的叙事逆转。你能想到谁在观看《星球大战》前仍然不知道达斯·维达就是天行者卢克的父亲吗？

戏剧家便以反讽制造出了效果……①

《标准晚报》（*The Evening Standard*）驻华盛顿的通讯员杰里米·坎贝尔（Jeremy Campbell）给我们讲述了一点反讽的历史：

> 我们人类就生活在反讽的环境中，这是由于，我们是无限宇宙中的有限生物……我们可以说，反讽是一种谎言。尽管它是睁眼说瞎话，然而，在一个真相表里不一、真理似是而非的世界里，它却很有用处。在古典时期的希腊，eironia 这个词意味着，采用虚假的表象或语言的诡计迂回曲折地愚弄人……根据公元前四世纪的罗马文法学家多纳图斯（Donatus）的说法，"反讽是一种修辞方式，它展现了完全相反的理解"。反讽的方法在于不协调和悬殊，这与以相似性为处理方式的隐喻相区别。苏格拉底式的反讽（狡诈的苏格拉底假装向学识比他低的人求教，并向其表示嘲讽的仰慕）成为了希腊喜剧的准则。在这些喜剧中，为了智胜自吹自擂、自以为是的骗子，人物经常假意谦逊。根据十七世纪的一位文法学家的说法，"反讽就是口蜜腹剑"。从十八世纪起，"反讽"这一术语变得流行起来，它意味着心口不一，意味着观点强烈却表达温和。尽管表现形式千变万化，反讽指的是说话者或作家为了这样那样的原因，希望和真相保持距离……②

人物

我在前面表达了对霍华德和马布里把人物塑造定义为"人物内在生活的揭示"的不满，这不是由于它不对，而是由于我发现它分析得不够具体，故而难以运用。作为一个作家，我如何将这一揭示写到纸面上呢？有什么技巧能把人物内心的这些内在秘密集合起来搬到银幕上呢？

---

① 《现代英语用法辞典》（*Dictionary of Modern English Usage*），伦敦，牛津出版社（London, Oxford），1965年，第305—306页。
② 《说谎者的传说：假话的历史》（*The Liar's Tale: A History of Falsehood*），纽约，诺顿出版社（New York, W. W. Norton），2001年，第146—150页。

所幸的是，关于人物，霍华德和马布里还提供了一条足够明确的箴言：在第二幕中，强烈的压力迫使人物变化，这一变化在第三幕中得以显现。也可以表述为：主人公是否会为他或她自己挺身而出？这是一个你可以运用的问题。

习题：霍华德和马布里

1. 在你先前选择的影片中，找出三处剧本运用了戏剧反讽（依照霍华德和马布里的定义）的例证。说出在影片中的这三个时刻，什么东西是观众知道而人物不知道的。

悉德·菲尔德：兄弟，你能示例吗？

> 电影编剧的结构方式需要耐心和纪律，但回报也是丰厚的。你可以花三周时间推敲你的故事，而真正写作只需要一周。
> ——格雷格·马科斯[1]

悉德·菲尔德是当今好莱坞的编剧专家之一，他的著作《电影剧本写作基础》（Screenplay: The Foundations of Screenwriting）大概是市面上最知名的编剧手册。菲尔德这个名字在编剧学生中可谓家喻户晓，在产业内也是声望日隆。该书的封底满是产业大腕给出的认可，其中包括获奖编剧斯蒂文·伯奇科[2]和詹姆斯·L·布鲁克斯[3]。

---

[1] Greg Marcks，美国编剧、导演。——译者注
[2] Steven Bochco，作品包括《纽约重案组》（NYPD Blue）。
[3] James L. Brooks，作品包括《母女情深》（Terms of Endearment, 1983）、《辛普森一家》（The Simpsons）。

第3章 他人的体系：写给那些误买了本书的人

《电影剧本写作基础》令人振奋地展示了编剧的技巧，跟你眼前这位怒气冲冲的学士[1]不同，菲尔德没有那么愤世嫉俗。也许正是这个原因造成了该书的畅销。"当你完成了你的电影剧本时，你已经取得了一个伟大的成就，"菲尔德热情地说，"……是一个满足和得到回报的体验。你做了你决心要做的事。"

"这是值得骄傲的。才能是上天赋予的，无论你是否具备，"他煽情道，"别因此破坏你的写作体验……写作自身会给你带来报偿。要享受它。"[2]

菲尔德通过讨论他在西尼莫比尔公司（Cinemobile）的工作为自己正名——该公司是"一卡车"制片概念的先锋[3]。在西尼莫比尔任编剧部门领导期间，菲尔德读了超过两千个剧本。（真是令人头晕目眩。）他还曾在加里·舒塞特（Gary Shusett）的舍伍德·奥克斯实验学院（Sherwood Oaks Experimental College，可悲的是，该校已经不复存在了）任教。我有幸曾和菲尔德同校共事，尽管他教的是写作，我教的是电影表演。根据菲尔德的说法，舍伍德·奥克斯是"这个国家最独特的电影学校"，达斯汀·霍夫曼（Dustin Hoffman）、马丁·斯科塞斯（Martin Scorsese）、威廉·弗雷克[4]等人在各自的科目任教。而舒塞特本人也是才华横溢——他的兄弟罗尼也是，《异形》和《全面回忆》正是我和罗尼合作撰写的。

由于是为完全的初学者而写，《电影剧本写作基础》告诉你的是剧本的格式、镜头是什么之类的东西。菲尔德许诺说，"当你看完这本书，你将会确切地知道写一个职业的电影剧本要做些什么。"有道理。

菲尔德把他的剧作方法论叫做"示例"（paradigm）。"示例"意味着"模型或模式"[5]。在菲尔德的用法中，"示例"指的是考虑剧本的特

---

[1] 作者指的是他自己。——译者注
[2] 《电影剧本写作基础》，钟大丰、鲍玉珩译，后浪出版公司，2012年，第284页。——译者注
[3] 见《电影剧本写作基础》第12页作者的解释。——译者注
[4] William Fraker, 1923—2010, 美国电影摄影师，作品包括《罗斯玛丽的婴儿》（*Rosemary's Baby*, 1968）、《警网铁金刚》（*Bullitt*, 1968）等。——译者注
[5] 在希腊语词源中，Paradigm意为"名词、动词和言语中其他部分的变化形式"。

定方式。示例是一个关于电影编剧传统智慧的包罗万象的复合体：它把历久不衰的规则和启示汇集在一起，把过往关于剧作的一切见解中的一致性模式化了。

最简单地复述示例，它就是一个霍华德和马布里所拥护的三幕体系。

第一幕：建置

第一幕"建置"（setup）介绍主要人物，展示故事的特色，与此同时建立起菲尔德所谓的"戏剧情境"——他使用这个词表示人物所处的世界中的各种细节（历史时期、政治现状、经济形势等）。在这一幕中，你还建立起主要人物的"戏剧性需求"，它指的是在故事过程中人物希望"赢得、攫取、获得、达到"的东西。

第二幕：对抗

第二幕"对抗"（confrontation）为人物设置众多他为了实现需求所必须克服的"障碍"。菲尔德说："如果你知道人物的戏剧性需求，你就可以创造障碍。而他如何克服障碍，就成了你的故事。"但有一个问题他并未谈到，即障碍是否应当随着故事的进展而在强度上升级（关于这一点，我将在第10章详细讨论）。你可以假定采用这一轨迹对叙事者而言是明智的，尽管菲尔德并未如此论证和判断过。不然的话，你就会发现你的故事将原地踏步，你的英雄面对的是一系列彼此可以互换且同样不难克服的障碍，或者（如果被一个极为执拗的编剧控制），他们会发现随着故事的进展，事情变得越来越容易了。

第三幕：结局

在第三幕"结局"（resolution）中，未曾了结的东西得以解决，情节被带到先前的动作指示出的结论上。菲尔德强调，"结局"并不意味着"大团圆"，而是指对你选择讲述的故事而言更为恰当的结尾。他举了几部成功的影片作为例证，说明消极或模糊的结尾在戏剧上仍然是可以令人满意的。他特别提到了罗伯特·唐尼的剧本《唐人街》，其最终的场景是黯淡而虚无的，且与先前发生的一切并不一致。①实际上，菲尔德多处引用了《唐人街》（在《电影剧本写作基础》中共列出了 34 处，该书的第 7 章就是对唐尼的剧本前十页的深度分析），如果你在读菲尔德的书之前没有看过该片，最好先去看一下。说真的，你无论如何都得看看，那真是部好电影。

情节点

菲尔德把他的三幕区分成长度上稍欠灵活性（但还不算过分）的单元。如果使用 120 页的剧本作为模型（菲尔德属于"一页纸等于一分钟"的编剧学派），他认为第一幕应当"大约"长 30 页，第二幕 60 页，第三幕 30 页。分幕由菲尔德所谓的"情节点"（plot points）决定，他将其定义为"任何'钩住'动作并且把它转向另外一个方向的事件"。无需赘言，在一个剧本中有众多的情节点。事实上，在任何时候，只要你的人物进入一个不同的地方或遇到一个新人物，动作就会在一定程度上"转向"。菲尔德承认，只要需要，一个编剧使用多少情节点都可以。然而，在这种情况下，我们如何知道哪一个才是标识分幕的关键情节点呢？第一幕和第二幕间的情节点之所以关键，难道只是由于它处在正确的页码上吗？人们产生如此的怀疑，应该不无道理。从任何意义上看，这些情节点都应当比其他的情节点在戏剧上更具分量，而不应仅仅像菲尔德所暗示的那样。

人物小传

尽管着重于结构，菲尔德却坚持"动作和人物"才是一个坚实剧本的真正基石。他建议在开始写剧本前先构筑一个人物小传（character bios.）。主要人物的生活应当被区分为"内在"生活（描述在剧本的动作开始前，发生在人物身上的一切——出生、童年、求学）和"外在"生活（在影片过程中

---

① 菲尔德提醒我们，唐尼原先采用了更为传统的积极结尾，当罗曼·波兰斯基签约出任《唐人街》导演后，尾声才被描写得更加黑暗。

我们看到的动作）。这一"外在生活"也相应地被分为三组：职业生活、个人生活（感情上的问题）和私生活（观点、信念、品味）。这些概要的历史将帮助你组装出鲜活的人物。菲尔德把人物阐述为一种"观点"、"态度"、"个性"、"行为"、"揭示"、"身份"。基本的观念是：人物是复杂的。

《电影剧本写作基础》充满了菲尔德自创的术语，充满了用以描述其理论建构的图形和图表。书中不断复述某些准则，以便将其核心概念灌输到读者的头脑中。例如，如果你浏览该书，你会发现"知道你的结尾！"这句话到处都是。菲尔德断言，为了维持观看者的兴趣，一切剧本都应具有向前的势头。对编剧而言，为了创造这种稳定的方向感，在把手指放到键盘上之前，必须预先知道剧本的结尾。所以说，要知道你的结尾！

正如强调知道结尾的重要性一样，菲尔德还突出了好的开始的必要——特别是关键的前十页。在西尼莫比尔公司任职期间，菲尔德读了不计其数的未能在前十页抓住他的剧本。由于总是积压着大批未读的剧本，他无法把时间浪费在逐页阅读上。任何剧本如果不能在十页之内有所进展，菲尔德就会把它以"也许"的名目归档（也就是说，扔进了废纸篓）。这也提醒了我们，好莱坞市场的严酷现实。编剧不能给审读人任何借口不去读他的剧本。因此，为了勾住审读人，使其坚持看完剧本，那十页纸就尤为关键。

菲尔德还花了不少时间讨论"来龙去脉"（context）和"内容"（content），尽管他从未明确这两样东西究竟是什么。从上下文看，"来龙去脉"和前面提到的"戏剧情境"（即人物所处的世界中的各种细节）是一回事。而"内容"其实就是故事的行动。为了帮助我们理解，菲尔德还发明了其他的术语，然而他又不断地把"来龙去脉"比作将"内容"装在一起的杯子内壁，这反而使一切更加混乱了。菲尔德承认，这些至多是"抽象原则"。你会发现，每次读到它们时，都必须翻回去看看他对这些概念最初的概括是怎样的。

《电影剧本写作基础》自称为关于电影编剧知识的一站式资源库，但据我估计，它更像是第一站而已。在勾勒剧本结构理论的众多层面上，菲尔德做得很出色，他以选自著名影片的有力例证说明了它们。但由于这本书试图在相对较短的篇幅中涵盖太多的东西（最新版算上内容和目录为309页），某些特定的概念自然遭到了忽略或者只是概念性的朦胧描绘。我的建议是，在读过菲尔德的书后，再去找找其他的书，以便对菲尔德的概念中你觉得特别重要和存疑的那些加深理解。

习题：悉德·菲尔德

1.你先前选择的影片是否遵从悉德·菲尔德所定义的三幕结构"示例"？如果是，第一幕分幕出现在影片的何处，主要的"情节点"发生在何时？如果不是，那么影片是否仍然使用了传统的分幕？如果是，那么在叙述上它们出现在何时？

罗伯特·麦基：坠入鸿沟

> 我欣赏的是高度的职业素养。我讨厌那些只能在雨天写作的作家。
>
> ——诺埃尔·考沃德[1]

在"怎样写电影剧本"的游戏里，悉德·菲尔德当然是个响当当的名字。但他可曾成为一部奥斯卡获奖影片中的人物呢？罗伯特·麦基就做到了这一点。[2]正如片中所说，麦基是一个闻名遐迩的电影编剧权威[3]，他的

---

[1] Noel Coward，1899—1973，英国剧作家，以机智花哨的喜剧著称。——译者注
[2] 在斯派克·琼斯（Spike Jonze）和查理·考夫曼（Charlie Kaufman）的《改编剧本》（*Adaptation*，2002）中，麦基由英国演员布莱恩·考克斯（Brian Cox）饰演。
[3] 为开诚布公起见，我必须提到，麦基在书中对我和《异形》赞赏有加。由于唯恐他态度有变，所以我不敢给予他恶评。

重量级指导著作《故事：材质、结构、风格和银幕剧作的原理》（*Story: Substance, Structure, Style and the Principles of Screenwriting*）是编剧、管理层、策划人员的必读书。麦基在洛杉矶、纽约和欧洲开设编剧讲习班，并在数家制片公司担任顾问。他的简介中说其"作品包括无数的电视和电影"。（但是没有具体说明片名，也没有说明麦基在这些项目中的具体职务，也许是合同方面的原因吧。）和菲尔德一样，麦基的书的封底满是业界中人的认可。电视编剧丹尼斯·杜根[1]把麦基叫做"银幕剧作的斯坦尼斯拉夫斯基"，而柯克·道格拉斯（Kirk Douglas）说"他不仅讲授知识，而且还注入灵感"。

关于好莱坞，麦基的看法是我所见过的看法中最玫瑰色的。"如果你在经纪人面前拿得出饱蕴才思、富有独创的剧本，他们将会争先恐后地争当你的代理人。你所雇佣的经纪人将会在正闹故事饥荒的制片人中挑起一场夺标战，中标者将会付给你一大笔钱，数目之巨足以令他囊中羞涩。而且，一旦投拍，你的完成剧本面临的干预会少得令人惊奇。"[2]唷，我倒真想在这样的好莱坞工作呢。

麦基在他的序中谈到了"原型，而不是陈规俗套"，并且说写作是"精通这门艺术，而不是如何揣摩市场行情"。他援引了肯尼思·伯克[3]那句时常为人提到的名言"故事是生活的设备"，以帮助我们认识隐藏在我们生活中的模型和叙事。然而，他却贬低艺术在叙事中的作用，并且认为在电影剧本中，诗是无处容身的。按照麦基的说法，75%的编剧工作是安排故事结构。他将故事结构定义为"对人物生活故事中的一系列事件的选择，这种选择将事件组合成一个具有战略意义的序列，以激发特定而具体的情感，并表达一种特定而具体的人生观"。[4]那些事件就是砖块，一切都由此而来，它们决定了人物生活的变化，而变化则被表述为价值。这些价值是麦基关于叙事的

---

[1] Dennis Dugan，作品包括《山街蓝调》（*Hill Street Blues*，1981）。——译者注
[2] 《故事》，周铁东译，中国电影出版社，2001年，第7页。本书引文均采用这一译本。——译者注
[3] Kenneth Burke，1897—1993，美国文学理论家、哲学家。——译者注
[4] 《故事》，第39页。

核心概念，可以不断从正面变为负面或者相反，并由此赋予故事一种令人满意的戏剧节奏。自然，和菲尔德、埃格里一样，麦基坚持只有通过冲突——故事放置在人物道路上的挑战，变化才能表达出这些价值。

节拍、场景、序列

按照麦基的设想，一个完整的电影故事的躯体是由若干成分构成的。最小的单位是"节拍"（beat），它基本上只是人物之间动作和行为的一个瞬间。这些"节拍"结构成场景（scene）——"通过冲突表现出来的一段动作"，并在故事的特定点上转化了某个人物的价值。麦基称，理想中，剧本的每一个场景都应构成一个故事事件，以不可逆转的方式改变了人物的生活。"没有不转化的场景。这是我们的理想。"①他宣称，典型的影片应当有"四十到六十个场景"，排列成对人物施加的价值转化越来越大的序列（sequence），任何场景都不能自行其是。事实上，麦基建议你在发展故事时给序列定个题目，以保证在这一过程中，你对每个序列的功能都了然于胸。

幕和更多的幕

同样地，序列形成了幕，其顶点是人物在故事冲突的旅程中经历的重大变化。麦基相信，一部影片起码应当是三幕。但是，他却绝不认为，三幕就是剧本结构的全部。据他估计，一个故事"只要需要，可以随便有多少幕"。（尽管在技术上这没有错，但这一建议却表现出他未能理解三幕的力量和增加幕的薄弱效果，更多论述见本书第11章。）他拆解了几部多幕的影片以说明其假设：《四个婚礼和一个葬礼》（*Four Weddings and a Funeral*, 1994）有着莎士比亚式的五幕结构②，而《厨师、大盗、他的妻子和她的情人》（*The*

---

① 《故事》，第43页。
② 我必须指出，莎士比亚在塑造人物上是最伟大的天才，但在构筑情节上却只是平平而已。例如，想体会所有故事中最勉强的结尾，就去看看《罗密欧与朱丽叶》吧。我说的是毒药那件事，那是莎士比亚为了让罗密欧、朱丽叶二人以为彼此已死拼凑出来的。当然，勉强绝对不碍事，这是由于人物的节拍已经压倒了任何关于合理性的考虑。不过这还是……

Cook, The Thief, His Wife and Her Lover，1989）则把故事延伸到庞大的八幕。（但是，正如麦基本人指出的，要让这样的东西奏效几乎是不可能的。）

麦基认为，无论有多少幕，所有的电影故事基本上都包括五种必要成分：

激励事件（inciting incident），它应在剧本的前25%内发生，"彻底打破主人公生活中各种力量的平衡"，驱使他开始采取行动以纠正问题、恢复平衡。

随着故事的发展，进展纠葛（progressive complications）不断积累，把主人公推离他选择的目标或使其转向一个新的、未曾预料的目标，而他只有在故事过程中才能意识到这一目标。

接着，在传统上剧本接近结束的地方，危机（crisis）到来了，这是一个有意而为的静态时刻，人物必须作出整个故事中的关键选择，要么调头离去，使自己免于苦痛，要么勇往直前，或好或坏地实现目标，恢复平衡。这一时刻就是麦基所说的"必备场景"（obligatory scene），剧本中先前的动作都为它而构筑，这一场景虽然在故事的行动上未必是顶点，但在情感上却是高点。

由危机激发的行动把我们带到了高潮（climax），它可以紧跟在危机之后（例如，塞尔玛和路易斯在作出决定几秒钟后就驾车冲出了悬崖），也跟在一系列被危机时刻做出的决定所激发的、不断升级的行动之后。（《卡萨布兰卡》的第三幕转折就是一个很好的例子，我们将在第7章的结构分析中详加审视。）

于是，高潮就把我们带到了结局（resolution）。结局承载的价值既可以是正面的也可以是负面的，还可以用"现实主义"的反讽方式将两者混合。和菲尔德、埃格里以及任何有常识的人一样，麦基认为一部影片不一定要以"大团圆"结局，只要结局能满意解决先前的一切即可。他也认为，每部影片都包含一个可由结局的价值取向概括的"主控思想"（与埃格里的"前提"相似）。爱战胜或摧毁一切，人或命运是一切行动的主宰，诸如此类。然而，与埃格里不同，麦基认为主控思想是在编剧创作故事时自然浮现的，作家不应围绕一个见解编织故事。麦基的观念和我本人的想法很接近。[①]

大情节、小情节、反情节

很多编剧教师常有一种愿望，他们试图把每个故事都扳向经典好莱坞叙述模式。麦基却避免这样做，这也许要归功于他对幕结构的宽松概念。他把经典好莱坞叙述模式描述为"大情节"（archplot）——英雄在一个时间和空间明确的世界里与坏人敌对，在一个"绝对而不可逆转的变化的闭合式结局"中，好人得到回报，恶人受到惩罚。大多数商业电影，从《卡萨布兰卡》到《安妮·霍尔》再到《珍珠港》（*Pearl Harbor*，2001）可以归入这一模式。然而，麦基也认可"小情节"（miniplot）影片——其中使用的是多重的、通常是被动的主人公，主要是内在的冲突，并经常有着开放式结局。群像式的影片《山水又相逢》（*The Big Chill*，1983，又译为《大寒》）、《早餐俱乐部》（*The Breakfast Club*，1985）是这一类别的例证。麦基还解释了"反情节"（antiplot），它完全摒弃了现实，代之以非连贯现实、非线性时间、大量以巧合驱动的叙述。这一类别经常是实验电影制作者的王国，其中包括《去年在马里昂巴德》（*Last Year at Marienbad*，1961）、《下班后》（*After Hours*，1985）甚至《巨蟒与圣杯》（*Monty Python and the Holy Grail*，1975）等作品。麦基宣称，尽管大情节影片支配了市场，但作家必须最终决定对他们自己而言，何种形式才是最适于他们的叙事感觉并能聚焦其能量的。

欲望目标

当然，无论情节、形式、类型（麦基对此论述颇多，还列了一张长长的清单，其中展示了——嘀！——25种不同的类型）如何，故事给予我们

[①] 当我开始写作《异形》时，我想到，里普利这个人物（明智地）力求谨慎，而约翰·赫特（John Hurt）饰演的人物则（愚蠢地）敢于冒险。于是，故事就正如结果所呈现的那样，展示了谨慎才是明智的方式。但我制作这部影片却并不是为了证明这一点！

的仍然是人物和冲突，这才是戏剧的灵魂。人物，亦即主人公，在麦基的故事概念中极为重要。这是由于，故事的"善之中心"就存在于主人公内部。无论这个人是不是个"好人"，主人公都应当包含着故事中核心的正面价值，这些价值被故事放置在主人公道路上的冲突所考验，并驱使着我们穿过叙述。每个电影剧本的"脊椎"就是主人公对其欲望目标的追求，在一个构筑有效的电影剧本中，对目标的渴求是双层的，主人公自觉欲望的目标同时也象征了这一人物的不自觉欲望。这一不自觉的需要常与自觉的欲望相抵触，当人物迈向高潮时，它的重要性也时常压倒了后者。简而言之，这是一个人物需要什么和他以为自己需要什么之间的冲突。我们后面将详加探讨的《卡萨布兰卡》就为这种双重性提供了杰出的例证：主人公自觉的、遗世自怜的欲望开始让路给不自觉的、为所应为的欲望——实际上，这从他的旧爱走进他的酒馆时就开始了。

对"欲望目标"的追求不可避免地将主人公带入冲突。你的人物面对的对抗力量必须组合得当，必须有力而强烈。麦基说，"主人公及其故事只有在对抗力量面前才会显示出令人着迷的智性和扣人心弦的情感。"如果你的人物面对的障碍太容易克服，或者强大到他不可能取得胜利，那么你的故事就会失去叙述的势头，一头扎进死胡同。在使你的人物进入冲突的"激励事件"之后，他将展开一系列的动作。随着人物朝着目标迈进，这些动作将在影片的世界里创造出不断变化的、或正面或负面的价值。按照麦基的说法，最有效的冲突必须存在于三个层次之上：个人的、个人—外界的、内心的。换言之，最有效的戏剧英雄同时与他人、与世界、与他自己开战。

鸿沟

真正的银幕戏剧最终存在于麦基称之为"鸿沟"（gap）的东西里。按照麦基的说法，每一次当人物做出动作，他都对即将发生的结果有一种期待。为了创造戏剧张力和兴趣，在人物的期待和他动作的结果之间必须存在一个巨大的"鸿沟"。鸿沟延缓或阻止他立即实现目标,要求他采取进一步的动作,因而便开启了更多更宽的、期待和结果间的鸿沟。当英雄的目标和这些"鸿沟"越来越接近时,就把期待和结果统一起来。一旦这一融合发生,英雄的动作便会取得他渴望的效果——戏剧将会得到解决,英雄将会实现他的目标。当然,这一结局在小情节和大情节的影片中是以不同的方式发生的,但绝大多数情况下,麦基使他的理论材料适应于大情节即标准的好莱坞叙述原型。

《故事》中的许多材料,你都可以在埃格里、菲尔德以及无数的剧作指导者那里找到。和其他人一样,麦基推荐用索引卡规划你的故事序列[①]。他也赞同,为了充实故事,调查研究、剧本大纲和人物小传等工作非常重要。此外,他还给出了电影不要过于依赖对白等警告。考虑到这些材料基本上算是复制而来的,究竟又是什么使《故事》赢得了如此的盛名和威望,使好莱坞知识界将其奉为首屈一指的编剧手册,甚至超越了菲尔德、埃格里等人呢?

唔,麦基热情地论及了剧本建构的每一个层面。对其中的一切,无论是多么微小的细节,他都总结出了某种规则。因此,如果你想寻找一本包罗万象的编剧指导书,麦基就是你的目标。

还有可能是因为其中的图表。好莱坞是一座由会计师而非艺术家统治的城市。对他们而言,如果艺术原则能以他们已经熟知的形式例如流程图、饼形图、曲线图等呈现,领悟起来就更为容易。麦基的书中充满了这些东西,据我估算超过三四十个,从"冲突的三层次"到他特有的"鸿沟"概念,一切都以图形说明。尽管有些读者会认为,这毫无必要地把本来很容易理解的概念搞复杂了,但好莱坞那些会计师们却无疑会长出一口气。难以捉摸的叙事艺术终于图解成了可计量的、可剪切复制的图表形式!简而言之,麦基懂得怎样把他的理念以

[①] 特此声明,我从来不用索引卡。

金融家的语言讲述出来。

此外,不要忽略,《故事》的页数也是它成功的奥秘之一。它比任何我读过的编剧书都要长。不算影片列表和目录,光是主干内容就有419页。在好莱坞,每个人都知道,大即是好。《故事》之所以成为权威的剧作书,其巨大的体量和其中的理念一样功不可没。

习题:罗伯特·麦基

1.在你选定的影片中,找出三处剧本使用了麦基所谓的"鸿沟"的例证。英雄希望在这三个动作中完成什么,他的期待和动作的实际结果之间存在什么差别?

通过审视这些书,我们已经看到,它们教给我们的是以不同术语表达出来的同样的基本方法。对戏剧结构,每个作者都有其自己的看法,在不断变化的名词和细节背后,他们的描述其实是同一个东西——把故事组装起来的同一种方法。经过几代人的演化,经过数个世纪的过程,经过痛苦的试验和错误,将故事叙述给观众的最有效方式被发现了。当然,正如他们所说,魔鬼存在于细节之中,这些作家也正是在这里找到了各自的容身之所。

其他人的体系已经说得够多了。从这里开始,我们将要讨论我自己的体系即动态结构(dynamic structure)。

我们将会看到,传统的电影剧本结构体系和我自己的体系之间的区别在于:我的体系是普遍方法的一个特殊个案。在传统方法和我的方法中存在明显的相似性。两者都是基于冲突,都运用了三幕结构,都对第二幕的结尾给予了特别的强调,都解决了剧本中特定的首要冲突。两种体系的不同在于,它们使用了(1)对戏剧冲突的不同定义;(2)对第二幕结尾时发生的事的不同概念。冲突的普遍定义是"主人公为取得欲望目标而斗争",而我对冲突的定义则是"对某一议题的分歧"。这一区别使我(以及任何使用我体系的作家）得以使冲突成为一个丰满的、双向的现象，而非一个人物与随便什么敌对的版本。而且，它基于这样一个心理学原则，即对一个旁观者而言，没有什么比一场你死我活的斗争更具吸引力了。此外，传统的第二幕落幕是"故事的高点"，而我的第二幕落幕是"冲突向一个不可逆转的点升级"。

传统的方法，简而言之，是基于奋斗的。

而我的方法，是基于斗争的。

第4章 定义动态冲突
一群人对抗另一群

> 在你想讲述的故事里，冲突讲述了什么？
> ——沃尔特·伯恩斯坦[①]

很多事可以发生，很多事很有趣。但并非所有的事，即使是那些有趣的事，都是戏剧性的。戏剧就是冲突。简而言之，没有冲突，戏剧就不存在。没有冲突，便只有乏味。

有句讲故事的老话主张，三幕结构应当像"把人放在树上；向那人扔石头；把那人救下来"那么简单。但"把人放在树上"不是真正的冲突，除非什么东西迫使他上树。冲突发生在人物中间，并包括关于某种事物的争论：争论的议题。人物必须在如何处理议题上发生分歧，他们延续的分歧构成了故事的躯干。当人物试图以截然相反的方式解决议题并彼此干涉时，行动便会产生。用希腊悲剧的术语说就是争斗。所有的一切归结为一个问题：谁会获胜？

冲突是你的故事真正要讲的。"我的故事讲的是一个富有冒险精神的人"，这不行。"我的故事讲的是两个人坠入爱河"，这也不行。"我的

[①] Walter Bernstein，生于1919年，美国编剧。——译者注

故事讲的是现代生活毫无益处",这还不行。这些是前提、主题、设置,无论你管它们叫什么。你的故事讲的是冲突。如果不是这样,它便不配叫这个名字——"故事"。比方说集邮,有些人也许会认为一部关于收集邮票的电影是极端无聊的。这些人也许是对的。但假如我来写,这样一部电影就不会无聊,因为这部电影讲的根本不是收集邮票。它可能是恐惧、欲望和冲突。冲突永远是有趣的。两只狗开始争斗,每个人便都停下来看。极少有什么东西,能像打架一样让我们的肾上腺素急速分泌。实际上,在我假想的故事里,人物为邮票冲突是次要的,为剪指甲他们也可以冲突。长话短说,如果你想讲一个故事,无论它是关于邮票、关于指甲还是别的什么,你最好找到一个冲突以说明你关于邮票或指甲的看法,然后讲述一个关于这个冲突的故事。

所以,如果有人问你,你的故事是讲什么的,你的回答最起码应该是"我的故事是讲述冲突的"。

三种类型的冲突

- 人物之间的冲突。人与人对抗。在故事叙述中,这一冲突最常见,而且也是(由于)最容易写的。
- 人与非人(他者)之间的冲突。人在树林里与熊对抗。人与火灾对抗。人与来自外太空的怪物对抗。人可以与动物、自然力甚至是无生命的对象冲突,但为了戏剧冲突,对象必须被当做一个人物,在冲突的语境里,成为一个人物。绊倒人的椅子必须被赋予个性以及绊人的动机。这一剧情传统上被称为"可悲(或值得同情)的谬论"。在逻辑上,它可能是谬论,但在人与非人的冲突中,它却是不可或缺的。在这一点上,一个经久不衰的杰出范例就是《大白鲨》(*Jaws*,1975)。作为这一概念的精妙缩影,可以去看看吉米·斯图尔特[①]在《生

[①] James Stuart,1908—1997,好莱坞黄金时代最杰出的男演员之一,曾经主演《浮生若梦》(*You Can't Take It with You*,1938)、《史密斯先生到华盛顿》(*Mr. Smith Goes to Washington*,1939)、《费城故事》(*The Philadelphia Story*,1940)、《血泊飞车》(*The Naked Spur*,1953)、《后窗》(*Rear Window*,1954)、《迷魂记》(*Vertigo*,1958)、《桃色血案》(*Anatomy of a Murder*,1959)等影片,吉米是詹姆斯的昵称。——译者注

活多美好》(*It's a Wonderful Life*，1946）中怎样一次次和恼人的楼梯扶手较劲。
- 人与自我的冲突。在这里，冲突发生在人的内心，发生在他或她性格中彼此交战的方面之间，如《化身博士》(*Dr. Jekyll and Mr. Hyde*)、《失去的周末》(*The Lost Weekend*，1945)、《哈姆莱特》。悲剧总体上可以归入此类，这是因为，在悲剧中，正如经典定义所说，是主要人物导致了他或她自身的毁灭。

多重冲突

大多数影片都使用了多重冲突，一部影片中同时具有所有三种冲突的情况也并不罕见，或者至少包含上述三种冲突中的一种。需要强调是，什么是你剧本里的主要冲突？在你设计剧本时，你需要作出选择。但你必须确定，至少一个冲突要在剧本中起贯穿作用，从始至终。

冲突的另一种版本

正如我们所见，某些权威把"冲突"描述为发生在一个人物身上的事（例如，参见霍华德和马布里对冲突的论述）。这一描述与我对冲突的理解相违背，却是剧作法中的惯例。冲突是某人与他人之间的搏斗，即使某人实际上是一群人（例如《异形》），或者一个人内心的敌对面（例如《化身博士》）。

在传统的体系中，关于这一意见的潜在依据是，"冲突"发生在单一人物身上，这似乎是说，冲突发生在人物及其道路中的"障碍"之间。唔，这么说也行，只要障碍——无论是什么——拥有它们自己的个性和动机。

冲突，就其内核而言，是一桩交易。

习题：定义动态冲突

1. 选出三部影片。每部影片分别使用了本章所定义的三种类型冲突中一种作为其首要冲突。

人物之间的冲突_____

人与非人之间的冲突_____

人与自我的冲突_____

2. 选出上述影片中的一部,举例说明影片如何在剧本中同时运用了三种类型的冲突。

人物之间的冲突_____

人与非人之间的冲突_____

人与自我的冲突_____

第 5 章　奥班农的动态结构
抓住那"噗"的一下

> 好吧，扣好安全带，开始了……
>
> ——引自《终结者 2：审判日》
> (*Terminator II: Judgment Day*，1991) 剧本
> 编剧：詹姆斯·卡梅隆 (James Cameron)
> 威廉·威舍尔 (William Wisher Jr.)

电影的正片长度应当被分成三幕：
第一幕定义冲突。
第二幕详述冲突，将其带往不归点。
第三幕解决冲突，无论好歹。

第一幕

在第一幕中，我们介绍人物及其情境。谁、何处、何时、为何。从这一人物、地点、概念、欲望的聚合物中，产生"争论的议题"。主要人物、反面人物在怎样处理"议题"时产生分歧。作为结果，一个"冲突"出现了。

当冲突具体化时，第一幕就结束了。第一幕落幕代表了冲突的锁定。

第二幕

第二幕发展冲突的后果,直到它们来到一个不归点。传统上,第二幕被称作"情节变复杂"的地方,换句话说,第二幕让反面人物从坏变得更坏。

不归点

不归点是冲突升级到敌对人物之间的决定性对抗不再能避免的时刻。

你无疑听说过某种被描述为"错误的喜剧"的情景。这一建置意味着,作为某种起始愚行的结果,形势逐渐变得复杂而困难,直到事件到达极端荒谬的地步。基本上,这种情境是你在任何叙事中试图达到的,即使你写的不是喜剧。当人物之间的冲突出现时,它自然会导致他们为之做某件事。这件事会导致另一件事,继而是下一件……一连串因果相联的事件。我说第二幕是"发展冲突的后果"就是此意。事件越堆越高,情景变得越来越成问题,最终来到了一个岌岌可危、不可逆转的点上。

当反面人物到达不归点,他们选择的自由便"噗"地一下蒸发掉了。在此刻以前,他们如果愿意,依然能从冲突中自由地抽身离去。他们只是没有这么做而已。但是,由于他们浪费或抛弃了逃脱的自由,它此时已不复存在了。①他们可行的路线只剩下了一个:决定性对抗。除了一扇门,所有其他门已经被关上(由于他们也曾对他人关上门);他们也不能再退出,因此便困在了这条没有回头、只有一个出口的路上。简而言之,不归点就是指他们把在第一幕结尾时挑起的某事最终玩过火了,他们把自己困住了,只能不可避免地摊牌。不归点是一个提高赌注的紧要关头。筹码加到了绝对的极限。现在,整个棘手的混乱将要也必须被一劳永逸地解决,不管喜不喜欢,魔鬼会带走落后的人。你只能奋战到死。

在大多数传统的体系里,不归点指的是"第二幕落幕"。在故事里,

---

① 是的,他们有选择,但即使他们犹豫过,他们总是会选择继续交战。如果你觉得这太刻意,那么我请求你写一个剧本,其中的人物将会在冲突面前选择抽身离去。告诉我,你如何使其奏效……如果你在写作时是清醒的话。

这既是最重要的时刻，也是故事中危机最严重的时刻，是转折点。它同时也是故事中最虚假和造作的时刻，所以最难写。这是因为，在这一点上，你故事中所有的线索都必须汇集到一起。当然，所有虚构的情节在某种程度上都依赖于巧合和不可思议。事实上，正是精心选择的奇异创造出了情景，使关于人性的启示性看法得以呈现在高度的戏剧效果中。

不归点定义了故事。如果你能简洁地描述你的不归点，你便已经讲述了你的故事。剩下的——反面人物一开始如何到达那里、尘埃如何落定，都是装饰了。

第三幕

第三幕解决冲突，无论好歹。冲突解决的时刻，故事就结束了。如果你愿意，你可以给你的故事加上一个尾声。尾声可以帮助观众从电影的咒语中轻松地解脱出来，或者说，它使观众确信故事没有唐突地结束，但无论如何，它都不是绝对必要的。

我的一些学生告诉我，他们很难搞清楚第二幕该写什么。你该如何"使情节变复杂"呢？

这样看吧，如果你有了第一幕的落幕——谁为了什么而冲突——你便知道了第二幕落幕时应该是什么（由于你已经预先搞清楚了，你理应如此），如此你的第二幕实际上应当自行写出来。你知道你的冲突是什么，你知道你的不归点是什么。那两个点就像晾衣绳的两端，现在你只需要沿着它们之间的线奔跑就是。

但是，你如何从一个点到达另一个呢？从一个冲突开始，到达那个冲突不可逆转的升级过程很少能通过单一步骤完成，它通常要求扩展为一系列动作和反应。每个动作和（或）反应就是一个场景。（如果你的冲突只通过一步就能得到升级，你将获得一个极短的故事——事实上是一个两幕的故事。我很快就要谈到这一点。）只要你搞清楚了人物为了完成这一升级所必须采取的动作，你会发现，你可以在事件线条的末端获得第二幕。

独幕，两幕，五幕

当然，故事并不是只能以三幕的形式存在。同样也有独幕、两幕的形式。作为一种文学形式，微型小说经常只有一幕①。此外，还有独幕剧，例如爱德华·阿尔比（Edawrd Albee）的《动物园的故事》（*Zoo Story*）。但在电影和电视中，几乎不可能找到这一形式。一集半小时的电视剧就有两幕。关于这一结构，最清晰的例子就是老的电视系列片《希区柯克悬念故事集》（*Alfred Hitchcock Presents*）。在其中，第一幕要花10到15分钟建立情景，第二幕的8到12分钟则是惊悚的关键部分。就在电视台的播放间隙（station break）②前，冲突结晶了，它抓住观众使其不至于换台，并接着看完下半集——这才是好戏，第一幕设置好的叙述陷阱冷不丁地出现，希区柯克式的逆转将在这里倾尽全力地击中我们。

本质上，这一形式省略了标准三幕形式的第二幕。由于只要写两幕，定义冲突和不归点在同一时刻融合在一起。换言之，冲突在出现的时候就不可逆转了。（可能正是因为这样，《希区柯克悬念故事集》中，很多集在第一幕结尾时要上演谋杀——没有什么行动能像取人性命一样不可逆转了。）独幕形式则相反，它可以被认为是由一个故事的第三幕中的事件组成的。你可以让人物一开始就处于巨大危机之中，而不归点则成为整个故事中被略过的点。

同样，还有四幕甚至更多幕的形式和故事。我个人并不能解释这样结构的内在动力是如何运行的。（但我们还是要在第7章对《李尔王》分析中讨论莎士比亚典型的五幕结构。）罗伯特·麦基也论及了这类多幕结构（见《故事》），但他同样并未解释具体怎样运用它们并使其奏效。

根据我的理解，当你使用超过三幕的结构时，你便削弱了有目的地升级冲突的能力。分幕处仅仅成为了叙事高点，而不是货真价实的升级，这

---

① 不要把它和短篇小说（novella）或中篇小说（novelette）搞混，它们通常也被叫做短故事（short stories），但内容不止一幕。
② 指中断剧集，插播广告的地方。——译者注

正是坚持使用三幕结构的最好理由。这并不意味着，你的故事在冲突升级之间不能有叙事高点。但是，干吗要把它们叫做幕来愚弄你自己呢？（我们在第11章将对这一问题作更详细的探讨。）

习题：丹·奥班农的动态结构

1. 在一部你喜爱的影片中，你认为"第一幕落幕"发生在什么时刻，冲突在那时是否得到定义？什么"议题"使反面人物进入了冲突？

2. 你认为影片的不归点（冲突达到最大化并变得不可逆转的时刻）是什么？在这一紧要关头，使用不归点，以一句话定义影片的故事。

3. 影片的冲突如何在第三幕解决其自身？这一冲突是否在故事中贯穿到底？影片中是否有一个尾声跟随在冲突的解决后？

第6章 动态人物，奥班农论人物
挑剔的作家作出选择

> 每当我写下一个字之前，我必须在脑海中彻头彻尾地掌握这个人物。我必须刺向他灵魂中的最后一道纹理。
>
> ——亨利克·易卜生

本书是关于结构的，而人物实际上不是一个结构性的问题。但是，对编剧而言，如果能够在人物发展上得到我们开出的一两点结构性的对策，还是弥足重要的。发展这个词毕竟是关乎时间的。事实上，这表明在故事的范围内，有些事发生了，因此它便与结构相关联。

作者们（以及他们的批评者们）对人物都有着近乎迷信的态度。在故事讲述里，人物是最重要的东西，而好的人物是优秀写作的必要条件。这一点在写作圈子中，被认为是公理。人物塑造是不容置疑的绝对法则。按照安东尼·伯吉斯[①]的说法，"在经过巧妙选择的经验的压力下，人类个性的错综复杂"是写作的"最大魅力"。[②]即使是拉约什·埃格里在谈到

[①] Anthony Burgess, 1917—1993, 英国文学家、作曲家和文学评论家, 著有小说《发条橙》（*A Clockwork Orange*）。——译者注
[②] 参见《大英百科全书》（*Encyclopedia Britannica*）第 15 版 "小说" 词条中安东尼·伯吉斯的解释。

前提时，也把人物看作"最有趣的现象"。可是，威廉·巴勒斯[1]却指出：

> 有些最伟大的作家，例如贝克特，只有一个人物且不需要其他人物……贝克特简直是非人道的。如果你想寻找诸如妒忌、爱和恨等人类动机，将会徒劳无功。即使恐惧都是缺席的。除了疲乏和沮丧，略带一点遥远的悲哀，没有任何人类的情感遗留下来……没有人物，自然也没有人物发展。他也许是有史以来最纯净的作家。[2]

同样，正如我们先前讨论过的，亚里士多德使人物从属于情节。照亚里士多德的想法，戏剧家"不是为了表现性格才行动，而是为了行动才需要性格的配合"[3]。但是，由于行动的目的是为了揭示性格，坦率地说，亚里士多德完全搞混了。

科幻作品是个特例。在纯粹的科幻中，人物从属于理念。科幻作品表现的是——例如："假如物理法则改变会怎样？"你可以看到，这一陈述中，没有与人类有关的指示，只不过陈述了人类会因此改变而受到潜在的影响。科幻作品是理念驱动而非人物驱动的，而这正是批评家和文人传统上把它看作劣等写作形式的原因。[4]但是，它毕竟存在。如果你准备写它的话，你也要知道如何有效地去写。所以，在"纯粹"的科幻中，如果人物发展与故事的中心概念无关，你会发现，人物发展得越妥当越充分，你的故事反而越糟糕。当然，科幻作品中也存在一些亚类型，其中科幻元素不过是用来吸引人的（所谓的"太空歌剧"大抵如此）。在这种情况下，传统的人物处理可能实际上更恰当。

---

[1] William Burroughs，1914—1997，美国作家，与艾伦·金斯堡及杰克·凯鲁亚克同为"垮掉的一代"文学运动的创始者，亦是后现代主义先驱之一，作品包括《裸体午餐》（*Naked Lunch*）等。——译者注

[2]《加算机：散文选》（*The Adding Machine: Selected Essays*），纽约，拱廊出版社（New York, Arcade Publishing），1986年，183—184页。

[3]《诗学》，第64页。

[4] 喜剧由于同样的偏见而受害，它同样也是一种经常由理念而非人物驱动的形式。它时常像科幻一样依赖于"假如"的情节。（"假如两个男人为了躲避黑帮，必须穿上女装呢？"）当然，笑料本身也是理念驱动的：如果笑话能逗你笑，你得先听懂笑话才行。

尽管亚里士多德曾经严正声明，但他并不理解人物是由行动呈现的。通过他们的行动，我们得以"判断眼前的人物到底是什么人"。对亚里士多德而言，戏剧的目的是为了展现作为其行动的结果，人们是多么幸福或不幸。因此，亚里士多德对人物塑造的对策仅仅是：性格展示抉择（无论何种）的性质（在取舍不明的情况下）。①

对霍华德和马布里而言却恰恰相反："人物塑造的精髓是揭示人物的内在生活。"这里的关键词是揭示或启示。小说享有向读者直接解释人物内在生活的奢侈，而在电影、电视剧或戏剧中，除非能以某种外在的方式揭示，内在生活甚至是不存在的。那么，作者怎样实现这一点呢？设置障碍。通过克服障碍，人物的内在生活被赤裸裸地展现出来。当然，人物可以讲述他们的内在生活，但如果不将内在生活表演出来，人物塑造就是不完整的。即使辞藻再华丽，在危急关头，我们还是想看你的人物做了什么。

霍华德和马布里对人物塑造方面的规则便是结构性的，这恰恰符合我们的研究：在第二幕中，强烈的压力迫使人物变化（或者陈述为：主人公是否会为他或她自己挺身而出？），而这一变化在第三幕中得以显现。

于是，如果我们把亚里士多德掺进霍华德和马布里，结果就成了如下的人物塑造秘方：

（1）障碍为人物提供了作选择的机会，由此人物的内在生活得以揭示。

（2）在第一幕中，人物进入冲突；第二幕向人物施加压力使其改变；第三幕改变人物。

习题：动态人物

1. 从三部你喜爱的影片中找出人物为了克服障碍作出选择的例证，并说明这一选择揭示了人物内在生活中的什么。

影片_____

---

① 《诗学》，第65页。

人物＿＿＿＿＿＿＿＿＿＿＿＿＿＿＿＿＿＿＿＿＿＿＿＿＿＿＿

选择＿＿＿＿＿＿＿＿＿＿＿＿＿＿＿＿＿＿＿＿＿＿＿＿＿＿＿

内在生活的揭示＿＿＿＿＿＿＿＿＿＿＿＿＿＿＿＿＿＿＿＿＿

＿＿＿＿＿＿＿＿＿＿＿＿＿＿＿＿＿＿＿＿＿＿＿＿＿＿＿＿＿

影片＿＿＿＿＿＿＿＿＿＿＿＿＿＿＿＿＿＿＿＿＿＿＿＿＿＿＿

人物＿＿＿＿＿＿＿＿＿＿＿＿＿＿＿＿＿＿＿＿＿＿＿＿＿＿＿

选择＿＿＿＿＿＿＿＿＿＿＿＿＿＿＿＿＿＿＿＿＿＿＿＿＿＿＿

内在生活的揭示＿＿＿＿＿＿＿＿＿＿＿＿＿＿＿＿＿＿＿＿＿

＿＿＿＿＿＿＿＿＿＿＿＿＿＿＿＿＿＿＿＿＿＿＿＿＿＿＿＿＿

影片＿＿＿＿＿＿＿＿＿＿＿＿＿＿＿＿＿＿＿＿＿＿＿＿＿＿＿

人物＿＿＿＿＿＿＿＿＿＿＿＿＿＿＿＿＿＿＿＿＿＿＿＿＿＿＿

选择＿＿＿＿＿＿＿＿＿＿＿＿＿＿＿＿＿＿＿＿＿＿＿＿＿＿＿

内在生活的揭示＿＿＿＿＿＿＿＿＿＿＿＿＿＿＿＿＿＿＿＿＿

＿＿＿＿＿＿＿＿＿＿＿＿＿＿＿＿＿＿＿＿＿＿＿＿＿＿＿＿＿

2. 选择上述人物中的一个。概括在剧本的第二幕中，施加了什么压力使他或她发生变化，并详述在第三幕中显现出了哪些变化。

影片＿＿＿＿＿＿＿＿＿＿＿＿＿＿＿＿＿＿＿＿＿＿＿＿＿＿＿

人物＿＿＿＿＿＿＿＿＿＿＿＿＿＿＿＿＿＿＿＿＿＿＿＿＿＿＿

第二幕的压力＿＿＿＿＿＿＿＿＿＿＿＿＿＿＿＿＿＿＿＿＿＿

＿＿＿＿＿＿＿＿＿＿＿＿＿＿＿＿＿＿＿＿＿＿＿＿＿＿＿＿＿

第三幕的变化＿＿＿＿＿＿＿＿＿＿＿＿＿＿＿＿＿＿＿＿＿＿

＿＿＿＿＿＿＿＿＿＿＿＿＿＿＿＿＿＿＿＿＿＿＿＿＿＿＿＿＿

第 7 章　结构分析
别管我怎么说

仅仅靠加快机械的速度，电影就把我们带入了创新的外形和结构的世界。

——马歇尔·麦克卢汉[①]

为了使我的体系经受严苛的考验，我现在将对十二部著名的电影和戏剧进行结构分析。我的目的在于把它们放在我"动态结构"概念的镜片下加以审视，看看我能否不过于粗暴地将我的"带有一个冲突的三幕"模板施加在它们上面。

我挑选了一些电影和戏剧，用以说明三幕故事结构对观众而言总是最令人满意的。还有若干非典型结构作品，以其自己的角度而言，也是奏效的。此外还有几个，结构上的缺陷反而是对叙事者技艺的例证。在这些畸形的故事里，只有一个作为故事和电影是奏效的，它是一个超越结构的例外，并且炫目地展现了至高的灵感是如何打破并摆脱规则的。

在我们开始之前，先看看用我的体系分析剧本的缩略指南。虽然在每

[①] Marshall McLuhan, 1911—1980, 加拿大思想家, 现代传播学巨匠。引语见《理解媒介：论人的延伸》（Understanding Media: The Extentions of Man），何道宽译，译林出版社，2011 年, 第 23 页。——译者注

部影片中不尽相同,但在本章中,它是结构分析的基本模板。你将会发现,在你分析任何剧本的过程中,如果能对这些问题给出确切的答案,那么几乎可以肯定,剧本在结构上是坚实的。据此拍成的影片,虽然未必是好的,但至少作为三幕叙事的样本是奏效的(例如我在第一章详述过的,我用动态结构重写了注定失败的《恐惧症》)。

分析剧本

看看剧本结构。它是三幕吗?如果是,那么第一、二、三幕在哪里分幕?

主要人物(主人公及其敌人)是谁?

他们之间争论的议题是什么?

冲突是什么?

冲突何时、以何种方式被定义?(将这一规则重复应用于任何在故事中附加的次冲突中)

不归点是什么,如果有的话?(是什么造成了不归点?)

冲突如何被解决?

分析人物

主角需要什么?在他的进程中有什么障碍?它们是否迫使他作出选择?

在克服这些障碍的过程中,他的内心生活是否得到揭示?

他是否卷入第一幕的冲突中?

在第二幕中,他是否被迫转变?

在第三幕中,他是否转变了?

卡萨布兰卡

Casablanca

1942 年,103 分钟

编剧：裘利斯·J·爱普斯坦（Julius J. Epstein）、菲利普·G·爱普斯坦（Philip G. Epstein）、霍华德·科赫（Howard Koch）；根据穆雷·伯奈特（Murray Burnett）和琼·埃里森（Joan Alison）的舞台剧《人人都来瑞克酒店》（*Everybody Comes to Rick's*）改编

很多人把《卡萨布兰卡》看作好莱坞制片厂体系的典型影片。本片剧本曾获奥斯卡奖，并被广泛认为是好莱坞叙事模式的完美范例。考虑到剧本写作时面临的错综复杂的环境，这显得更加不可思议。

杰克·华纳（Jack Warner）之所以买下《人人都来瑞克酒店》这部未曾上演的舞台剧，不仅由于它是当时唯一一部描写身处北非的欧洲战争难民的剧本，也是看中了此剧对他制片厂旗下的男影星拥有极佳的潜力。但剧本需要重写，于是他把这一任务交给了多产的爱普斯坦兄弟。

为了赶时间，爱普斯坦兄弟写出了63页的剧本，之后便被派到其他项目中去了。开拍前六周，华纳写作班子中的一个新成员——霍华德·科赫被指派接手这一剧本。科赫希望在里面加入更多政治阴谋。在他看来，与在电影中声援抗击欧洲法西斯的又一次世界大战相比，浪漫的次情节就不那么重要了。

开拍前四天，科赫交出了他那一稿的前半部分。制片人哈尔·沃利斯（Hal Wallis）和导演迈克尔·柯蒂斯（Michael Curtiz）虽然对剧本中对爱情的处理感到不满，但还是在结尾还悬而未决的情况下开拍了。

修改稿（编剧不明）在开拍第一周即将结束时出现了。在这一稿中，三角恋情仍然未获解决。有鉴于此，演员们开始焦躁不安，尤其是英格丽·褒曼（Ingrid Bergman，饰伊尔莎）。她希望了解结尾，如此才能知道怎样去演她和瑞克以及维克托的对手戏。哪个男人是她更钟情的呢？柯蒂斯给她的建议又是什么呢？"就照犹豫不定演吧，"后者说。所以，褒曼在银幕上展现出来的矛盾心理是货真价实的，她不知道伊尔莎最终将和哪个男人在一起。当褒曼（伊尔莎）说"我还不知道（我们的故事）结局呢"时，

当汉弗莱·鲍嘉（Humphrey Bogart，饰瑞克）回答"讲吧，也许你讲着讲着，结局就会自然出现"时，他们都陈述着双重的真相。无论在摄影机前还是摄影机后，它都是情形的如实写照。

在参与《卡萨布兰卡》制作的人中，没有人记得究竟是谁想出了结尾。最后场景的几页剧本（出处未知）直到拍摄前夜才送来。而那句伟大的收场白"路易，我认为这是一段美好友谊的开始"甚至在影片剪辑完成时还没想出来呢！制片人是在放映样片时才想到的。后来，这句台词被录配在了瑞克和雷诺离去的背身镜头上。

多么令人惊叹！当这些彼此纠缠的效果拼接在一起，竟是如此美妙！你绝对猜不到，这个剧本并不是从第一页起就浑然天成。

分析：人物和情境

人物是谁？

尽管《卡萨布兰卡》的人物表很庞大，但主要焦点在以下三个人身上：瑞克·布莱恩，愤世嫉俗的美国人，"二战"期间北非一家夜总会的店主；伊尔莎·隆德，曾经爱过瑞克，后来又离他而去的女人；维克托·拉斯洛，自由战士，伊尔莎的丈夫。

冲突是什么？

和许多人物众多的故事一样，《卡萨布兰卡》中也有很多冲突。其中一些是关键性的，例如施特拉塞少校决心阻止拉斯洛逃离卡萨布兰卡；另一些是次要的，例如瑞克的正经生意对法拉利先生构成竞争；还有一些是转瞬即逝的，例如发生在瑞克的夜总会后来得以避免的那场法国军人和德国军人间的小冲突。当然，这些小冲突都是在"二战"这场大冲突的背景下展开的。然而，真正驱动《卡萨布兰卡》的是如下三个冲突：

冲突1：我们对他们。与纳粹的战争在全片的每一幅画面中若隐若现。当瑞克对他的乐队点头，准许其演奏《马赛曲》[1]后，煽动起一场由拉斯洛领唱的大合唱。施特拉塞的一干纳粹演唱的《莱茵河哨兵》[2]被淹没在其中。这一瞬间集中体现了全片所强调的冲突：法西斯和民主谁将赢得战争的议题。

冲突2：三角恋情。把《卡萨布兰卡》看作一部爱情片的人无疑会认为，瑞克、伊尔莎、维克托之间的三角关系才是主要冲突。一边是她发自内心爱着的男人，一边是一个她崇拜的、充满勇气和信念的男人，伊尔莎觉得自己要被撕成两半了。争论的议题：谁将获得伊尔莎？

冲突3：一个分裂的男人。尽管极为有力，但最终驱动着《卡萨布兰卡》的却不是爱情的三角。影片中最重要的冲突是内在的，是处于瑞克心中的。影片的主要冲突可以被如此表述：瑞克会重拾理想主义，还是会依旧愤世嫉俗，任凭世界在他周围分崩离析？在这里，议题成了瑞克的人格，他的正直。

冲突何时、以何种方式被定义？

冲突1：影片一开始，与纳粹的战争就被呈现出来，这是一个既定的冲突。维克托和施特拉塞——战争中敌对双方最极端的代表，在瑞克的夜总会第一次相遇，冷冰冰地打量彼此。这发生在影片的第28分钟（占《卡萨布兰卡》放映时间的27%）。

冲突2：瑞克和伊尔莎在影片中第一次面对面，发生在后者和丈夫维克托一起走进夜总会时，他们彼此间灼人的一瞥告诉我们这里存在前史：两人之间发生过什么。这一时刻发生在第33分钟，恰好是影片的三分之一。第一幕结束。

---

[1] La Marseillaise，法国国歌。——译者注
[2] Wacht am Rhein，德国国歌。——译者注

冲突 3：影片的第 19 分钟（放映时间的 18%），雷诺试探性地说，"瑞克，我猜想在愤世嫉俗的外壳下，你内心却是个多愁善感的人。"这句台词告诉我们，瑞克比他假装出来的那个人更善良。那么，他何时会开始变好呢？这一问题定义了瑞克的内在冲突。

影片自始至终，瑞克都被关于忠诚的问题所充斥。在影片的第 11 分钟（11%），走私者尤加特把通行证交给了他。这便把瑞克推到了如下的位置上：他会怎么处理这众人觊觎的东西？这一问题，这一外在冲突使瑞克的内在冲突戏剧化了，而答案在影片结束前不会揭晓。

不归点是什么？

影片的第 74 分钟（72%），在施特拉塞少校的命令下，雷诺关闭了瑞克的夜总会。冲突 1 对瑞克而言结束了，他无法继续保持中立。

这一场景后不久，伊尔莎来到瑞克的公寓，持枪要求他交出通行证。她需要凭借它让自己和丈夫维克托逃离卡萨布兰卡和纳粹。然而，面对这个她曾经爱过的男人，她还是无法让自己扣动扳机，即使后者催促她这么做。而对他而言，冲突 3 在此刻也许到达了最低点。（"开枪吧，就算帮我一个忙。"）接着，在影片的第 85 分钟（83%），当瑞克和伊尔莎彼此拥抱，他们的不归点到来了。瑞克最终作出了承诺的表态。

> 伊尔莎：你必须为我们想想，为我们所有人想想。
>
> 瑞克：好吧，我会的。

现在，死亡是可以预见的了。为了帮助伊尔莎和维克托逃跑，瑞克将会面临逮捕和处决的风险。（当然，这个剧本最伟大的地方之一就在于观众并不知道瑞克会不会让伊尔莎走，只知道他最终表示将采取某种行动。）

某种程度上，这一决定通过逆转展现了戏剧反讽。主人公知道我们所不知道的东西，这就使我们在其后获得了令人兴奋的揭示。冲突2和冲突3都到达了转折点。冲突汇合了。

把多重冲突以经济的方式焊接在一起是很难的。但这却堪称妙笔。诚然，编剧手里握有万能的通行证，当必须去解释那些费解的东西时，可以随时出示。这就是一个好的麦高芬（MacGuffin）[①]的价值所在。别忘了，维克托本身某种程度上也是一个麦高芬。

冲突如何解决？

在机场，瑞克亮出了他的大惊喜，他把通行证换成了两张飞往里斯本的机票，上写"维克多·拉斯洛先生及夫人"。当他送走伊尔莎的时候，他承认生活中还有比自我更多的东西，在一个战乱的世界里，"三个小人物之间的问题，算不了什么大事"。这一时刻发生在影片的第97分钟（94%），解决了冲突2和冲突3。

当然，尽管施特拉塞少校最终吃了瑞克射出的枪子，冲突1直到影片制作完毕仍未解决。

习题：《卡萨布兰卡》

1. 在《卡萨布兰卡》中，伊尔莎告诉瑞克"你必须为我们想想，为我们所有人想想"，这使他必须为冲突2和冲突3的解决作出决定。假如瑞克把它留给伊尔莎，让她自主选择，是自己还是维克多呢？基于《卡萨布兰卡》在此之前的剧情，描述一下，假如伊尔莎被迫在两个男人之间抉择，又会发生什么？冲突2和冲突3能够同样得到解决吗？影片的结局会不同吗？

[①] 指"驱动故事的、为众人所渴望的目标"，通常认为语出希区柯克。

公民凯恩

Citizen Kane

1941 年，119 分钟

编剧：赫尔曼·J·曼凯维奇（Herman J. Mankiewicz）、奥逊·威尔斯（Orson Welles）

《公民凯恩》时常被不无公允地称为"史上最伟大的电影"。同时，它也是精彩写作的范本。华丽的对话中充满欢快而深刻的辞藻，听起来自始至终赏心悦耳。即使这与结构无关，也足以帮助曼凯维奇和威尔斯赢得一座奥斯卡最佳原创剧本奖。总之，为《公民凯恩》撰写的剧本甚至比影片本身还好。且不说在其中获得的愉悦，仅仅为了醍醐灌顶的阅读体验，你也应该去买一本来。

由于大量使用闪回和不断变换的叙述视点，《公民凯恩》在结构上似乎是相当复杂的。但仔细审视的话，其结构其实是相当清晰、易于探寻的。

分析：人物和情境

人物是谁？

20 世纪早期的媒体大亨查尔斯·福斯特·凯恩，"所有与他共事过的人，要么爱他，要么恨他。"

冲突是什么？

这部影片同《卡萨布兰卡》一样，包含着人物间的多重冲突。凯恩童年时的监护人撒切尔对年轻凯恩的自由主义政治观点感到恼火；盖蒂斯和凯恩在州长选举中的竞争；苏珊和凯恩由于后者执意将前者捧成歌剧明星而闹矛盾，等等。这些冲突为戏剧增添了色彩，但无一驱动着故事。这一功能是被以下两个主要冲突承担的：

冲突1：凯恩对世界。终其一生（影片中也是如此），凯恩从一个冲突转向另一个冲突。与其他报纸，与盖蒂斯，与民意的危险水域。他需要战斗，他以之为食，他需要胜利来滋养自己。但世界永远在那儿，不屈不挠，总是为凯恩奉上一个新风车供其冲刺。议题：凯恩能让世界臣服吗？

冲突2：凯恩对自身。影片的主要冲突当然是发生在凯恩的内心空间。这是一个极度渴望爱的人，但从童年时期，他便得到了惨痛的教训：金钱比爱更有力。在他成长的环境里，人们最关心的莫过于金钱带来的权力增长。凯恩的两面贯穿全片：浪漫的理想主义者和贪婪的暴君——它们争夺着凯恩的生活，也驱动叙事。议题：凯恩的原则，它们将把他引向何处？

冲突何时、以何种方式被定义？

冲突1：很大程度上，凯恩与世界的冲突真实得不能再真实了。年轻的报业新贵为了增加发行量发动了一场战争[1]，后来又运用报纸的力量阻止了另一场冲突。他四处挑起争执，这一点早在他就任之前就被描写出来了——在报道凯恩死讯并构成影片第一段落的"三月新闻"片中。在政治领域，凯恩被广泛谴责为几乎所有社会罪恶的人格化代表，有一次，他甚至跟希特勒站在同一个阳台上。

冲突2：影片的第26分钟（放映时间的22%），青年的凯恩作为纽约《问事报》锐意改革的主编，已经搞出了一些动静。当他站出来面对撒切尔（唯利是图的财阀，并无凯恩那种二元性或曰内在怀疑）时，他把自己描述成两个人：

---

[1] 不止一处画外音和对话都受到了凯恩未曾言明的原型——媒体巨头威廉·兰道夫·赫斯特（William Randolph Hearst）的启发。凯恩曾经告诉他的记者，"你提供散文诗，我提供战争"。这直接引自赫斯特在美西战争前夜发给手下记者的电报。而这场冲突，据信至少部分是在刊登赫斯特报纸上的指责西班牙的文章的鼓动下发生的。

作为一个拥有 82364 股——你看，我对我拥有多少股票确实还是有点概念的——公共转运公司股票的查尔斯·福斯特·凯恩来说，我同意你的意见。查尔斯·福斯特·凯恩是一个危险的无赖，应该封闭他的报纸，还应该成立一个委员会来抵制他。如果你能成立这样一个委员会，我可以捐款一千元。但另一方面，我是《问事报》的出版商，职责所在，我将很乐意告诉你一个小秘密——我要确保社会上那些正直的、努力工作的人们不会因为没有人关心他们的利益而被一小撮嗜钱如命的海盗蒙眼抢劫。

这个二元定义的演讲标识了第一幕落幕的时刻，搭建起了理想主义者凯恩和暴君凯恩对抗的舞台。

不归点是什么？

在凯恩和他自己斗争的早期，理想主义似乎占据了上风。他享受着对他从政颇有裨益的婚姻，他的报纸在全世界指引并塑造着民意，他的生活似乎和玫瑰色的"原则宣言"（以他的名义刊登在《问事报》的第一期上）如出一辙。即使和苏珊·亚历山大（一个志向远大的歌手，后来被凯恩安置在私密的"爱巢"里）的私情也未能耽误他攀向巅峰。当他决定参加竞选时，似乎没有什么能阻止他当上州长。

凯恩的滑铁卢是由于竞选对手吉姆·盖蒂斯曝光了他和苏珊·亚历山大的私情。在此之前，凯恩个性中的两半基本还是和谐共处的。当他的私情被揭露给全世界后，他被迫选择成为他希望去做的那个人。当他选择和毁掉了选举的苏珊在一起时，他的梦想被冲毁了。由这次垮台——影片的第 70 分钟（60%）开始，一切都无可挽回。凯恩理想主义的一面隐退起来，彻头彻尾的暴君诞生了。

冲突如何解决？

正如凯恩从前的好友杰德·李兰所说，"他（凯恩）对世界失望了，便自己建造了一个。"凯恩的海滨宫殿——上都，在影片的第 98 分钟（82%）

阴森地露面了。这是一座为凯恩和苏珊两个人建造的巨大坟墓，也是凯恩用来逃避世界的处所。作为新闻工作者，凯恩曾经老练地与这个世界抗争，但最终输掉了。世界仍然在那儿，对凯恩和其他人给予评判。冲突1解决了，世界获胜。

当凯恩承认苏珊（在他的强迫下开始的）歌剧生涯破灭时，他撕碎了"原则宣言"的初版。此时，冲突2似乎解决了。很难想象比这更具决定性的理想主义的退却。青年时代的凯恩曾经拿它高标准地要求自己，如今却把它一片片地撕碎。他像暴君一样主宰上都，他对苏珊的精神支配最终变成了身体暴力。凯恩向内心走得越远，他距离理想主义的自我也越远。

然而，影片的第106分钟（89%），苏珊最后离凯恩而去。（导演威尔斯以著名的多重镜像镜头展示了凯恩对孤独的恐惧：独自一人的凯恩在镜中折射成无限个。）此时，理想主义者重新出现了。只剩下回忆的凯恩，伸手去拿"玫瑰花蕾"——失落童真的精神化身。然而，一切无法挽回。游戏结束，凯恩未能找到"玫瑰花蕾"就溘然长逝。

习题：《公民凯恩》

1.《公民凯恩》因其开创性的非线性结构而闻名。如果故事以完全线性的方式讲述，影片会变成什么样呢？审视《公民凯恩》，不要漏掉剧本中任何一个场景，概括故事在线性讲述时，事件的顺序。第一幕和第二幕的分幕会是什么？这一决定会根本上改变影片的冲突及其解决吗？汤普逊[1]的次情节还能拥有独立的结构吗？

第一幕的分幕＿＿

第二幕的分幕＿＿＿＿＿＿＿＿＿＿＿＿＿＿＿＿＿＿＿＿＿＿＿＿＿＿＿

---

[1] 片中调查凯恩生平的记者。——译者注

第三幕的解决_____

汤普逊的次情节结构（如果它还存在的话）_____

卧虎藏龙

Crouching Tiger, Hidden Dragon
2000 年，120 分钟
编剧：王惠玲、詹姆斯·沙姆斯（James Schamus）、蔡国荣；根据王度庐的小说改编

《卧虎藏龙》是迄今为止在美国发行的外语片中票房收入最高的一部，也是其中唯一一部美国票房超过一亿美元的影片。[1]在当时，这一成功主要得益于其中腾云驾雾的武打动作。影片的打斗场景使人物似乎具有了挣脱重力的能力，并且巩固了美国动作电影中"威亚功夫"[2]的趋势。但是，影片的成功在很大程度上，同样也应当归功于它坚实的三幕结构。对美国观众而言，这一结构是他们颇为熟知并且喜闻乐见的。影片的台湾裔导演李安曾在纽约大学学习电影制作，而编剧之一、李安的长期合作伙伴詹姆斯·沙姆斯则是美国人。李安和沙姆斯，以及另外两位联合编剧王惠玲和蔡国荣，因此得以将西方式的叙事敏感引入东方

---

[1] 至少是外国制作的影片中票房收入最高的一部。在对白完全采用外语的影片中，票房最高的是《耶稣受难记》（*The Passion of the Christ*，2004），该片票房收入超过 3.7 亿美元。
[2] Wire Fu，是 Wire Work 和 Kung Fu 两个词的结合，特指功夫电影中的一个亚类型。这一亚类型由徐克、袁和平、李连杰共同开创，由于大量使用威亚技术而得名。——译者注

式的素材，这为他们带来了出乎意料的票房成功（更别提一项奥斯卡最佳外语片奖了）。

分析：人物和情境

人物是谁？

五个主要人物驱动着《卧虎藏龙》的行动。相识多年的侠侣李慕白和俞秀莲；人称"半天云"的沙漠枭雄罗小虎；深藏不露的武林高手、提督之女玉娇龙；以及曾经害死李慕白师傅的传奇女盗"碧眼狐狸"。在女仆身份的掩护下，碧眼狐狸将一本武林秘籍中的武艺偷偷传授给了玉娇龙。而这本秘籍，正是从李慕白学艺的道观中盗窃而来。

冲突是什么？

两个主要冲突驱动了《卧虎藏龙》，其中一个是主题性的，另一个则更多的是以动作为导向的。

冲突1：传统对欲望。《卧虎藏龙》中的所有主要人物都陷入了文化传统和自身欲望的斗争中，前者经过了时间的检验，而后者却是与传统敌对并难以启齿的。

李慕白和俞秀莲都是侠客，他们发誓过一种僧侣式的生活，献身于灵修和磨练武艺。但这种献身却与他们对彼此的爱情相冲突。十余年间，他们并肩战斗，却从未向对方表达爱情。（这一局面由于俞秀莲正是李慕白好友从前的爱人而变得更加复杂——后者在江湖争斗中丧生，临终前托付李慕白照顾秀莲。）

玉娇龙也与社会的期望存在冲突。作为权贵的女儿，她即将走进一桩包办婚姻，嫁给一个未曾谋面的男人。但她本身却向往冒险、浪漫，向往从侠义小说中读到的、李慕白和俞秀莲所过的那种侠客生活。玉娇龙的另一重身份是盗贼，身怀绝世却未经指点的武艺。

碧眼狐狸则是玉娇龙的冲突近乎悲剧性的变奏。她一门心思要成为侠客，却被武林名门武当拒之门外。作为报复，她盗走了武当的秘籍（在此过程中，她杀死了李慕白的师傅），秘密自学并训练玉娇龙。但她的武艺是半生不熟的，作为不识字的下人，她只能凭借书中的图画学艺。当她发现识字的玉娇龙的武艺已经胜过自己时，她深感受到了背叛。

罗小虎在传统和欲望的斗争中，选择了最容易走的一条路。他完全生活在社会之外，作为沙漠匪首，他以袭击掠夺旅人为生。但自从他袭击了玉家的马队，夺走玉娇龙的象牙梳子后，他的人生变得更复杂了。为了夺回梳子，玉娇龙展开追击，成为罗小虎的俘虏，并最终被后者的魅力和浪漫生活方式折服。然而，一个总兵的女儿怎么能和侠盗王子厮守终生呢？

所有这些冲突之所以进入人物的生活，都是由于：

冲突 2：剑。一个经典的麦高芬。青冥剑本来属于李慕白的师傅，在其死后传给了李慕白。影片开端时，李慕白厌倦了侠客生活，委托俞秀莲将其作为礼物献给铁大人。影片进程中，此剑数度易手。对追逐它的几个人物而言，它象征不同的东西。李慕白和俞秀莲把它看作武林生涯的纪念；而在玉娇龙和碧眼狐狸看来，它代表社会试图拒斥的冒险而兴奋的生活。

冲突何时、以何种方式被定义？

影片以俞秀莲携青冥剑抵达铁大人府邸开始。总兵及其家眷（包括玉娇龙）同日造访，准备即将到来的婚礼。当晚，一个蒙面人（后来揭示为玉娇龙）盗走青冥剑，并在与俞秀莲交手后脱逃。这一事件在片中占21分钟（放映时间的18%），它结束了第一幕并定义了冲突 2：谁将最终得到此剑？

随着冲突 2 的展开，冲突 1 的各种排列逐步显现。我们已经在第一幕中看到李慕白和俞秀莲比友情更密切的关系，也知道了李慕白曾向故去的友人、俞秀莲从前的爱人起誓。如果他遵循自己的感情与她成婚，便会背叛这一誓言。

第二幕给予了我们几个征兆，表明玉娇龙作为总兵的女儿，过得并不幸福。她似乎对婚礼并不热心，却把俞秀莲的生活描绘成浪迹天涯、特立独行（至少她就是这么看的）。揭开蒙面大盗身份的几个线索在第二幕的前半段便埋下了。其中最明显的一场，是俞秀莲对玉娇龙起疑，并故意打翻了茶碗。玉娇龙以闪电般的反应抓住了茶碗并放回桌上，其动作之迅速，以至于碗托甚至没有滑脱。

冲突 2 在影片的第 45 分钟（38%）发生了转折，李慕白击败蒙面的玉娇龙，夺回青冥剑。紧跟着这一事件，在第 47 分钟（39%），玉娇龙即是蒙面大盗得以揭示，我们得知她被其女仆秘密训练的来历，而后者正是人称碧眼狐狸的凶手。罪犯讲出成为侠客的被阻挠的愿望，社会的禁忌迫使她盗窃武当秘籍，背叛。玉娇龙和碧眼狐狸作为社会体系的背叛者，结成了一对，尽管玉娇龙的背叛更为单纯、浪漫，而碧眼狐狸的背叛则出于苦涩和掺杂了过多反抗的情感而变得更加冷酷无情。

接着，一个新的波澜以罗小虎的形式来临了。后者在第 53 分钟（44%）出现在影片中，开启了长约 20 分钟的闪回段落，即玉娇龙的幕后故事。我们了解到她对冒险的向往始于她与罗小虎在沙漠里的浪漫插曲。此外，罗小虎依然对她念念不忘，希望她抛弃包办婚姻，与自己远走高飞。而她却不愿冒险（主要是担心罗小虎的安危）。于是，罗小虎造成了在全片中对传统的最大破坏。影片的第 74 分钟（62%），他袭击了玉娇龙的婚礼队伍，恳求她和自己一起走。她起先拒绝，但在当晚携青冥剑逃跑。冲突 2 再次点燃，此时是影片的第 76 分钟（63%）。

不归点是什么？

当与罗小虎谈过并把他送到武当山等待后，李慕白和俞秀莲开始追踪玉娇龙。两个女人在影片的第 90 分钟（75%）大战一场，传统一边的侠客与她反叛的镜像彼此敌对。之后，李慕白加入进来，他以剑和自身安危测试玉娇龙,把青冥剑扔下悬崖。玉娇龙跳下悬崖取回青冥剑,但在落入水潭前被碧眼狐狸夺走。后者将她连同青冥剑一起劫走。这是影片的第99分钟(放映时间的83%)。自此,碧眼狐狸将玉娇龙和剑一起收入囊中。为了夺回青冥剑,并把玉娇龙从碧眼狐狸的手中拯救出来,李慕白和俞秀莲必须与这个杀死李慕白师傅的女人一战。自此,对这些人物而言,只剩下一个选择:不留活口,决死一战。冲突1和冲突2在不归点上精妙地吻合了。

冲突如何解决?

李慕白和俞秀莲追踪碧眼狐狸来到她位于水帘洞中的巢穴。李慕白击败碧眼狐狸,但却被后者临死前放出的毒镖射中(第104分钟,87%)。玉娇龙跑去寻找制作解药的原料,但李慕白未能等到她返回。临终前,李慕白告诉俞秀莲他一直爱着她,并在她的怀中咽气(第109分钟,91%)。对李慕白和俞秀莲而言,冲突1获得了悲剧性的解决,他们与侠客传统的联系最终战胜了他们对彼此的爱。

冲突2在第112分钟(93%)获得解决。俞秀莲将青冥剑交还给铁大人。之后,她将玉娇龙送往武当山与罗小虎相会。玉娇龙再次提起他们曾在沙漠中讲过一个传说,一个年轻人许愿并从山上跳下以证明信念。罗小虎希望能和她一起返回沙漠,在传统面前,玉娇龙抛下欲念,从武当山上纵身跃下。第114分钟(95%)。她是死是活?罗小虎愿望能否成真?影片却戛然而止。不过,光凭两个小时,我觉得已经值回票价了。

习题:《卧虎藏龙》

1.《卧虎藏龙》大获成功的秘诀之一是剧本坚持使用了"西方式"的三幕结构。影片中有没有什么值得注意的、超越标准结构的东西,使人想到某种"东方式"的叙事方式?

2. 你能否说出一部外国影片采用了该国更为熟悉的模型?该片是否有三幕?如果是,分幕发生在哪里?如果不是三幕,又有多少幕,分幕发生在哪里?

玩偶之家

A Doll's House
1879 年
亨利克·易卜生著

在第 3 章开端时，我提到了在戏剧结构方面的六个权威人物，并且说易卜生是其中唯一一个未曾就结构概念和规则有过著述的人。但即使他未曾把其方法付诸文字，现代戏剧结构却是从易卜生肇始的。《玩偶之家》便是使这位丹麦剧作家[①]跻身于世界戏剧大师行列的一部作品。我最喜爱的历史学家保罗·约翰逊（Paul Johnson）曾说："他不仅发明了现代戏剧，而且写了一系列至今仍在现代戏剧剧目中占有重要地位的剧本……他不仅革新了他从事的艺术，而且改变了同代人及后代人的社会思想。"[②]

在易卜生之前，大多数戏剧在上演之前都是先印行成书，甚至根本不会搬上舞台。由于以诗体写成，它们大多只适于阅读而非表演。易卜生"得出了系统的结论，认为戏剧搬上舞台要比供人研究影响力大得多。这使他抛弃了诗体，转而拥抱口语，一种新的剧场现实主义由之产生……每部作品都大不相同，通常都会迈入一个未知领域……易卜生问了很多令人不安的问题，诸如金钱的力量、女性的压迫甚至是禁忌的性病话题。他把根本性的政治和社会问题真实地放在舞台中央，简而言之，背景中的日常对话可以辨识……它们是第一批现代戏剧。"[③]

[①] 作者此处有误，易卜生是挪威人。——译者注
[②] 保罗·约翰逊：《知识分子：从马克思和托尔斯泰到萨特和乔姆斯基》（*Intellectuals: From Marx and Tolstoy to Sartre and Chomsky*），纽约，哈珀·柯林斯出版社，1988 年，第 82 页。参见江苏人民出版社版，杨正润等译，1999 年。——译者注
[③] 同上，第 85–86 页。

《玩偶之家》被广泛认为是现实主义发展中的一个里程碑，并使之很快地广为流行。作为一个戏剧类型，现实主义力求精确地描绘生活，回避理想化的幻象。在《玩偶之家》中，易卜生在用口语描写普通、平凡的人物，同时采用了古典悲剧的主题和结构。在《玩偶之家》后，易卜生又以创新的现实主义模式写了两部作品：《群鬼》（*Ghosts*，1881）和《人民公敌》（*An Enemy of the People*，1882），两部都大获成功。

《玩偶之家》符合我的结构体系，但仅仅是刚好而已。剧中的不归点来得极晚。尽管如此，我却不能更改它。这部作品提供了一个灵感战胜规则的个案（更多论述见第13章），值得记住，易卜生是在开垦一块处女地。在那样的环境下，参差不齐之处在所难免。

分析：人物和情境

人物是谁？

名叫娜拉·海尔茂的丹麦中上层家庭主妇，以及她自我中心的丈夫托伐，他们的朋友和同事，尤其是狡猾的银行职员柯洛克斯泰。

冲突是什么？

冲突1：娜拉对柯洛克斯泰。驱动着行动的引擎在这里是复杂的讹诈阴谋。娜拉曾经为爱犯下了过错。为了挽救丈夫的生命，她在一张期票上伪造她过世的父亲的签名，用得来的钱帮助丈夫去国外疗养。柯洛克斯泰也曾经为了他爱的人犯下过伪造罪，但却东窗事发并因此身败名裂。期间，他的妻子过世，他不得不独力抚养他们的孩子。

柯洛克斯泰发现了娜拉的罪行。他意识到她的伪造挽救了一场前程美满的婚姻，而同样的罪行却把自己抛进了贫穷。声名狼藉驱使了他的勒索。他威胁曝光娜拉过去的不端行为，希望她能说服她的丈夫退职并向银行举荐自己继任，尽管这希望并不大。接下来的一切，克莉丝汀和柯洛克斯泰的重逢、托伐对娜拉的谴责、娜拉的觉醒并离开家庭都发端于柯洛克斯泰绝望的威胁。

冲突 2：娜拉对托伐（读解：女人对男人）。那些把《玩偶之家》首先看作政治性作品的人会认为这部剧的主要冲突是广泛存在于社会中的——特别是社会对男人和女人采取了不同标准。在易卜生的舞台上，男人拥有全部的权力和影响，而娜拉只是托伐的"唱歌的小鸟"、一只为了获得他的金钱和关爱而不得不跳舞耍把戏的"小松鼠"。

托伐希望让他的妻子相信，促使他们分离的问题是她的不良品性。事实上，这部剧的社会背景对男人和女人同样是不公的，这促使了柯洛克斯泰发出威胁（毕竟，他是一个和女人犯了同样的罪的男人，并为之受到了惩罚），因此它才是这部剧的真正的主要冲突。争论的议题：性别间的战争。

冲突何时、以何种方式被定义？

《玩偶之家》是一部三幕剧。易卜生的第一次分幕和我的体系中第一幕应当分幕的地方恰好一致。在易卜生的第一幕临近结尾时（在106页的剧本中，它发生在第41页，占39%），柯洛克斯泰带着条件来找娜拉。他声称了解她的伪造，并威胁要毁掉她和她的丈夫，除非她帮助他篡夺其丈夫在银行的职位："要是有人第二次把我推到沟里去，我要拉上你作伴儿。"第一幕以冲突1的定义结束：娜拉必须设法不让柯洛克斯泰曝光她的罪过。在剧中的世界里，这是一桩严重的罪行，一旦被揭发就足以毁掉人的一生。

冲突2在剧中的这一点上，尚未真正被定义。男人和女人在社会地位上的悬殊已经存在于托伐和妻子之间主仆一般的关系里，但在此刻和其后很长一段时间内，尚未被作为人物之间的争论点而提出。

不归点是什么？

整个第二幕以及第三幕的大部分时间，娜拉都处在煎熬中，为柯洛克斯泰的斧子何时落下而坐立不安。第二幕临近结尾时，柯洛克斯泰把曝光了娜拉秘密的信放进了海尔茂家的邮箱里。托伐没有读，直到接近第三幕结尾（第 92 页，87%）才读，他大发雷霆，对娜拉说了无可挽回的话。他对娜拉是为了挽救他的生命才犯下伪造罪的事实无动于衷，咆哮他的名誉，宣称这桩婚姻为了装门面必须维持下去，而娜拉则是"罪犯"、"骗子"、"伪君子"、"没有道德，没有责任感"，不许她再和他们的孩子接触。在狂怒中，他竭尽所能夸大此事，认为它把婚姻打得粉碎，不可修补。总的说来，他把自己变成了一个暴躁的混蛋。于是，冲突 2 引入了（至少作为剧中一个主要的主题），并且几乎在同时达到了不归点，这是一个极难奏效的技巧，特别是在剧中如此晚的地方。

冲突如何解决？

在第三幕临近结尾，在一个突然的逆转中，柯洛克斯泰遇到了一个名叫克莉丝汀的次要人物。在先前的剧情里，她被作为娜拉的老朋友而建立起来。这里揭示出她和柯洛克斯泰曾经是恋人，她提出回到他身边抚养他的孩子。这次重逢解决了柯洛克斯泰的问题（至少是在他心里）。出于喜悦，他给托伐又寄来一封信，使娜拉解了套。冲突 1 解决了。但易卜生这才开始。

当读到柯洛克斯泰新的来信时，托伐狂喜道，"我得救了！"娜拉因目睹她的丈夫只关心他自己的拯救而感到震惊，当托伐收回先前谴责她的话时，只能使事情变得更糟……他赞扬他自己如此大度。

娜拉不再受到柯洛克斯泰的威胁，但现在她看清了，她的丈夫是一个暴君，把她囚禁在家庭的小盒子里，让她做一个"玩偶妻子"，压抑她任何发自真我的表达。她经历了女性主义者的觉醒，离开托伐和她的孩子，去履行"对自己的义务"（第 101 页，95%）。冲突 2 如果没有对全社会解决，至少对娜拉而言解决了。

这一人物的逆转不仅是绝对的，而且是极端突然的，凭借剧中先前交代的一切，我们无法预料得到。不过《玩偶之家》仍然是第一部直面女性主义问题的戏剧。人们质疑更多的是这一政治化的结局，而非这非比寻常的讹诈故事，而后者使本剧赢得了经典的地位。

习题：《玩偶之家》

1. 前面已经陈述过，观众通过《玩偶之家》前一百页剧本，是无法预料到觉醒的女性主义者娜拉在第三幕中的举动的。你是否赞同这一观点？你能否在易卜生剧本前面的二又四分之三幕中找到任何行动或对话上的例证，预示了娜拉性格的逆转。"社会中男人和女人的对抗"这一冲突是否真的是《玩偶之家》的驱动力？

吸血鬼

Dracula

1931 年，75 分钟

编剧：加雷特·福特（Garrett Fort）；根据布拉姆·斯托克（Bram Stoker）的小说、汉密尔顿·迪恩（Hamilton Deane）和约翰·L·巴尔德斯顿（John L. Balderston）的舞台剧改编[①]

审视结构有效的影片只是学习过程的一半。研究存在严重结构问题的

[①] 互联网电影资料库（The Internet Movie Database，IMDB）还列出了《吸血鬼》的其他五位未署名的编剧：导演托德·勃朗宁（Tod Browning）、"有贡献的编剧"路易斯·布卢姆菲尔德（Louis Bromfield）和路易斯·史蒂文斯（Louis Stevens）、署名"台词撰写"的达德利·墨菲（Dudley Murphy）以及署名"字幕撰写"的马克斯·科恩（Max Cohen）。这虽与32位编剧共同撰写了燧石电影公司的这部影片的传言不符，但也够多的了。

故事同样很有启发。如果知道了是什么不奏效，以及它为何不奏效，就能让你迅速明白自己应该怎么做。

一部在其他方面很好的影片可能在结构上有瑕疵，此外偶然也会存在结构上跟跟跄跄却广受好评的影片，这虽然罕有，但也不是从未听说。由银幕偶像贝拉·卢戈西（Bela Lugosi）主演的《吸血鬼》改编版就是一部历久不衰的恐怖片经典。卢戈西饰演的不死吸血贵族已经成为某种符号。尽管剧本——客气地说——有些问题，但这部杰作还是出现了。

鉴于很多人参与了编剧工作，你大概会觉得他们能干得不错。然而，不是所有由委员会撰写的电影剧本都能有《卡萨布兰卡》那样的结果。（公平地说，斯托克那部杂乱无章的书信体小说几乎是无法改编的；时至今日也无人能制作出一个令人完全满意的版本。也许在结构上最好的是茂瑙（Murnau）的默片《诺斯费拉图》[Nosferatu，1922]，但那是以删除范海辛①为代价的！）

分析：人物和情境

人物是谁？

嗜血的德拉库拉伯爵对他那毫无戒备的人类猎物。

冲突是什么？

任何一部吸血鬼电影，包括本片在内，都利用了善与恶、光明与黑暗的普遍主题。人类的"自然"品质要面对吸血鬼的力量。吸血鬼嗜饮活人之血，能变形成动物，只在夜间活动，作为活死人，他是对自然的亵渎，是对上帝神圣旨意的公然违抗。因此从本质上，影片戏剧化成纯洁和污染间的冲突，而这也就使吸血鬼类型成为了弗洛伊德学派电影批评家的最爱，

---

① Van Helsing，小说中虚构的人物，著名的吸血鬼猎人。——译者注

他们对吸血鬼电影作出了各式各样的解释，从谨守妇道的维多利亚式劝诫故事到艾滋病寓言，不一而足。

冲突1：德拉库拉对人性。《吸血鬼》当然是被外在冲突驱动的，被鲜血浸泡的伯爵和世界对抗。吸血鬼以活人为食，而文明的力量则要严阵以待。议题是人类的命运，这体现为米娜、范海辛等人。

冲突2：米娜的挣扎。影片的内在冲突表现为米娜这一人物。当德拉库拉吸食她的血液时，她发现自己被拖入了他的黑暗中，但她灵魂中人类的那一半却抵抗着诱惑，不甘被吸血鬼的力量支配。她是影片的中心人物，体现了光明对抗黑暗的主题。议题是米娜灵魂的命运。（我个人认为，被奴役的可怜的伦菲尔德也被内在冲突所折磨，但这一冲突是一个"辅助冲突"，他侍奉伯爵的冲动，被他拯救米娜的渴望所抵御了。那么，议题其实还是米娜的灵魂，在较小程度上才是伦菲尔德的灵魂。）

冲突何时、以何种方式被定义？

德拉库拉伯爵显然从一开始就是极度邪恶的。农民们警告伦菲尔德，伯爵是个非自然的生物。如果对此还有什么疑问的话，我们第一次看见他时，他就是从棺材里冒出来的。他可以行走在蛛网上，蛛网却保持得完好无损（这一特效在名不虚传的西班牙语版本中得到了更好的展现，我们将在第12章进一步讨论），看到十字架他会退缩，看到伦菲尔德割破手指后渗出的血，他则显得过于感兴趣了。

最终，当伦菲尔德因看到德拉库拉的不死新娘而昏过去的时候，伯爵抓住机会饱餐了一顿。此时是影片的第18分钟（放映长度的24%），我们再无疑问，德拉库拉是个怪物，并且即将前往文明的中心。第一幕结束，冲突1得以定义。到目前为止还不错，但接下来就麻烦了。

第二幕是结构出现问题的第一个征兆。到目前为止，德拉库拉和伦菲尔德是仅有的两个我们通过影片有所了解的人物。但到达伦敦后，伦菲尔德变成了一个大吵大嚷、吞吃虫子的疯子，迅速被扔进了疯人院，只留下德拉库拉，唯一一个能把我们捆在情节上的人物，自由地在大街上闲逛，寻找新的牺牲品。

在剧院中，他找到了。他遇上了疯人院的主管西沃尔医生——正是后者将伦菲尔德监禁了起来。除此之外还有医生的女儿米娜、她的朋友露茜以及未婚夫约翰·哈克。影片在第一幕中根本未曾提及这些人物，如今却把他们当成了主人公，全然不顾我们是和伦菲尔德一起度过的第一幕的事实。这跟剧作家约瑟夫·斯蒂法诺（Joseph Stefano）在《精神病患者》（*Psycho*，1960）中采用的"假第一幕"（本章后面会分析）很相似——在那部影片中，玛丽安的被杀把故事转交给了诺曼·贝茨，但情节的焦点至少是在两个在故事中有过交集的人物间转移。而在本片中，自从伦菲尔德第二幕开始时被移除后，叙述的焦点却在这些我们完全不熟悉的人物身上分流了。（在原著小说中，是本片中无足轻重的约翰·哈克前往特兰西瓦尼亚[①]旅行。而伦菲尔德，作为哈克供职的律师事务所的前合伙人，在故事开始前就被关起来了。于是，哈克这才被派去伯爵的城堡，继续伦菲尔德因精神崩溃而未能完成的交易。如此处理也许会更好些[②]，因为这能使我们得以进入这一组新人物，而《吸血鬼》却不打招呼就把他们强加给了我们。

电影进入了第二幕的关键之处，德拉库拉着手进行他的寄生工作，他杀死了露茜，把她变成一个猎食孩童的吸血鬼（我们对此有所耳闻但从未目睹，影片中不止这一处背离了原先的舞台剧）。接着，吸血鬼又把目光投向米娜，开始在夜间造访她，这把她（和我们）拖进了冲突 2。然而，剧本一直懒得解释为何米娜对伯爵如此重要。在城堡里，他未曾看过她的照片，在其他的影片版本中也是一样。他挑中了这个女孩并对其实施折磨，似乎纯属偶然。米娜之所以站在《吸血鬼》的中心，其实没有理由。而德拉库拉完全可以挑任何一个伦敦女人为食。

[①] Transylvania，罗马尼亚地名，德拉库拉伯爵的故乡。——译者注
[②] 《诺斯费拉图》中就是如此。

不归点是什么？

正当事态变得极端险恶时，西沃尔医生的老朋友范海辛来到了伦敦。范海辛了解各种吸血鬼，在第43分钟（58%），他用十字架和镜子令德拉库拉现身。这一对峙让我们期待吸血鬼和科学家之间来一场最终大决战，因此它本应成为不归点，至少对冲突1而言。我们自认为知道第三幕会发生什么，可是别忘了，第二幕就并未按照我们的合理预期发展。德拉库拉和范海辛的这次对峙实际上是个假不归点，除了那种用"怪物并未真死"吓唬人的短暂瞬间以外，我们通常在一部影片中不会看到这样的东西。可在这里却并非如此，它毁掉了这个故事。

真正的不归点发生在第68分钟（91%），德拉库拉诱拐了米娜，将她劫往交叉路口修道院。两个冲突同步到达了不归点，纯洁的女人亦即全体文明处于道德危险之中。范海辛和哈克进行了追踪。我们现在会想：大结局总算来了。

可我们太傻了。

冲突如何解决？

范海辛和哈克到达了修道院。伦菲尔德逃脱并跟随德拉库拉来到这里，被后者杀死。但范海辛和哈克却循着伦菲尔德找到了伯爵。对吸血鬼的追捕已经直达巢穴，医生和吸血鬼摆好架势，准备开战了，对吗？错了！当他们进入室内后，发现德拉库拉已经在棺材中入睡了。范海辛以木桩戳死了他（还是在银幕以外），我们听到了吸血鬼发出垂死的呻吟，仅此而已。善（体现为范海辛）和恶（人格化为德拉库拉）之间没有你死我活的大决战。我固然理解，一部好莱坞早期有声片不能令观众目睹流血，但这部恐怖片总该给我们一个更好的结尾。而现有的结尾就仿佛让一个冠军拳手去潜水一般。接着，就像这虎头蛇尾的圣代冰淇淋上的一枚樱桃，米娜突然回过神来告诉哈克，干掉德拉库拉的并非范海辛的木桩，而是初升的朝阳。如此，一束意外的阳光把冲突1和2同步解决了。公平地说，前面提到的《诺斯费拉图》有着相似的结尾：吸血鬼被太阳活活烤死了。但在那部影片里，不存在负责消灭伯爵的范海辛。而在这里，我们的感觉就像花了钱却没看到本该看到的东西。

接着，范海辛告诉约翰和米娜离开。影片结束在一个鼓舞性的镜头中，这对青年恋人迎着拯救他们的阳光，踏上了修道院的台阶。这个突然而至的终曲显得慌张而莽撞（比我在这里描述的还要快得多），这部分是由于，小说根本不是如此结尾的。这一场景在小说中实际出现在中后段，紧接着它的便是一场惊心动魄的追逐。人们赶到吸血鬼位于特兰西瓦尼亚的城堡，令人满意地处决了他。①这些情节在本片中全都没有发生。

不过，这个混乱的剧本证明（在这里它似乎也应当证明），讲述一个完美的故事，对于大获成功来讲并不必要。相反，只要你给予观众他们想要的东西就够了——在本片中那就是老式的恐怖，更不必说迄今为止最闻名遐迩的表演了。

习题：《吸血鬼》

1. 正如我试图说明的那样，《吸血鬼》是一部结构上存在很多问题的影片。为了纠正这些问题，你会如何做？为了让米娜、哈克等人不过于唐突地接管故事，你会在第一幕中如何利用他们？你将使范海辛扮演何种角色，使之成为德拉库拉更为强悍的对手？在你改动过的第二和第三幕中，伦菲尔德如何参与进来？为了更戏剧化、更令人满意地解决冲突，你故事中的高潮将如何上演？

---

① 在弗朗西斯·福特·科波拉1992年的改编版本《惊情四百年》（*Dracula*, 1992, 詹姆斯·V·哈特编剧）中，就存在这一追逐，但德拉库拉灭亡的冲击力再一次被削弱了。这一次，影片把德拉库拉和米娜的关系强调成真正的爱情故事，并试图将一种悲剧的调子赋予德拉库拉之死。

阿呆与阿瓜

Dumb & Dumber
1994 年，107 分钟
编剧：彼得·法拉利（Peter Farrelly）、本内特·耶林（Bennett Yellin）、鲍比·法拉利（Bobby Farrelly）

大多数编剧书都是依照"伟大"的标准选择影片作为例证。而《阿呆与阿瓜》成为它们其中一员或许只是时间问题。[1]同时，这部"自认为无脑"[2]的影片对我们研究故事结构也很有帮助。

喜剧驱除恐惧（在第 9 章中我将详加解释），而本片处理的就是青少年常见的"害怕成为窝囊废"的恐惧。对那些优越感很强、热衷于用残酷笑话嘲笑那些"不如"自己的人的年轻人而言，这一原型是颇有幽默感的。影片瞄准的观众群，就是捧红了杰瑞·斯普林格脱口秀（The Jerry Springer Show）[3]的那些人。埃格里式的"前提"（如果你是麦基的拥趸，可以称之为"主控思想"）在这里就是：一日衰人，终生衰人。

《阿呆与阿瓜》的剧本在很多方面都是结构上的灾难。但正像《吸血鬼》一样，影片尽管缺陷很多，但票房的成功及其持久的文化影响却使其能够对这一缺陷报以嘲笑。这对我们不啻为一种警醒——电影只要戳中观众就够了，其他的都不重要。

---

[1] 实际上，某些人认为它已经是了，《帝国》（*Empire*）杂志将其列在迄今最伟大的 500 部影片的第 445 位。
[2] 见莱昂纳德·马丁（Leonard Maltin）的《电影及录像导购》（*Movie & Video Guide*）。
[3] 一档电视节目，以亵渎、放肆、恶趣味而闻名。——译者注

分析：人物和情景

人物是谁？

生活在罗德岛州的一对迟钝的好友劳埃德和哈里（令人想到伯特和厄尼[①]，他们大概是出生时缺氧吧）以及一桩绑架阴谋中的各方势力。这两个傻瓜无意间卷入了绑架，使之变成了一场横穿全国的追逐。

冲突是什么？

一旦涉及到喜剧，冲突就会变得很微妙。处理得太过平淡，观众们就会打瞌睡；而处理得太过紧张，幽默就会干涸（当你担忧人物生死的时候，是很难笑出来的）。尽管如此，还是有几个明确的冲突驱动了《阿呆与阿瓜》，其中甚至还包括了一个人物的内在斗争。

冲突1：绑架阴谋。让这列马戏团火车开动起来的引擎是玛丽·斯旺森的丈夫（科罗拉多州一个富有的继承人）遭到绑架。在绑匪的指示下，玛丽把一个装满赎金的手提箱放在普罗维登斯机场，不料因她的轿车司机劳埃德而横生枝节。劳埃德对玛丽一见钟情，误以为手提箱是她遗落在机场的，便替她拿了回来。而后，劳埃德劝说好友哈里一起前往"啤酒像葡萄酒一样四处流淌"的阿斯彭归还手提箱……运气好的话，他还能趁拥抱玛丽的机会撩起她裙子的后摆。当绑匪（幕后主脑是尼古拉斯·安德烈）发现此事以后，他们决心杀死劳埃德和哈里，夺回手提箱。争论的议题：劳埃德和哈里能否避开绑匪，把手提箱归还给玛丽？

冲突2：劳埃德和哈里对世界。对两个智商加起来只有10的人而言，这个世界是很危险的。正是劳埃德和哈里自身的愚蠢使他们的旅程变得更加艰险，这在全片中不止一处。他们曾被一个"坐在自动轮椅上的小老太

[①] Bert & Ernie，卡通片《芝麻街》（*Sesame Street*）中的人物。——译者注

太"打劫过。在卫生间隔间里，劳埃德差点被一个壮实的农人强奸。而哈里的舌头也曾粘在了滑雪缆车的金属框架上，险些被拽掉。他们的弱智一次又一次在跟他们作对。大多数时候，劳埃德和哈里最大的威胁不是绑匪，而是他们自己。实际上，罪犯出现在故事里，经常是为了整合故事，使之不会沦为一连串彼此无关的恶作剧。议题：劳埃德和哈里的愚蠢会打败他们自己吗？

冲突3：劳埃德的困境。正如电影自诞生以来的许多人物一样，劳埃德是一个有梦想的白痴，在第一幕的结尾，他眼含热泪地陈述道："我受够了勉强度日①。我受够了当一个无名之辈。但这些都不算什么，我受够了当一个孤家寡人。"劳埃德尽管是呆瓜一个，却打算出人头地，赢得一个好女人的爱情。这场跨越全国的历险也许是他梦想成真的唯一机会。哈里虽然也参与到旅程中，并跟他一起经历了这些滑稽的倒霉事，但劳埃德对浪漫的渴望和对人生的不满（哈里对此并不完全理解）才是两人上路的原动力。议题：劳埃德能否最终出人头地，找到爱人？

冲突何时、以何种方式被定义？

冲突2——劳埃德和哈里的愚蠢，早在情节起步前就已经如火如荼了。影片一开场，轿车司机劳埃德停车向一个性感女人问路，继而笨拙地展开攻势（当她告诉他，自己是奥地利口音后，他却像个呆子般用一句"日安啊伙计！"向她搭讪）。接着，他的鼻子又差一点被自动车窗夹住。此时，片头字幕甚至还没开始。忘了绑架吧，这两个蠢才每天的生活就是一场你死我活的斗争。

当劳埃德在尼古拉斯的喽啰眼皮底下，抢先一步从机场的地板上拿走赎金箱子时，冲突1预热了。歹徒们搜查了劳埃德和哈里的公寓，并未发现手提箱的踪影，只得扯掉了宠物鹦鹉的脑袋作为警告。（自然，劳埃德

---

① 挑剔一下：一个傻子怎么可能知道"勉强度日"这种说法？

和哈里没有正确理解，只是推测那只可怜的鸟儿的脑袋是自己掉下来的，毕竟，正如哈里所说，"它已经很老了。"）然而，即使劳埃德和哈里决定前往阿斯彭归还箱子，这一冲突仍未真正启动。他们不知道上锁的箱子里装的是赎金，因此并非是有意识地参与到绑架情节中。又过了20分钟，在影片的第 37 分钟（放映时间的 35%），当尼古拉斯命令他的喽罗不惜代价除掉劳埃德和哈里并拿回手提箱时，这一冲突才真正开始。无论劳埃德和哈里知情与否，喜欢与否，阵营已经被划分开来，他们向着最终的摊牌进发了。然而，这一冲突的锁定，是在劳埃德和哈里前往阿斯彭这一自然分幕后很久才发生的。这就意味着，发生在银幕时间第 20 分钟的第一幕分幕是模糊的，而冲突的锁定遭到了拖延且在叙述上过于冗赘。

关乎生死的手提箱与劳埃德和哈里前往阿斯彭的目的毫无关联。别忘了，他们不知道里面装的是什么。相反，是劳埃德对可悲人生的不满（前面引用过他的讲演，这发生在影片第 18 分钟，17%）、是他对出人头地的追求驱使他们上路的。而哈里多少只是跟随而已（车是他的，或者说狗是他的，说来话长）。冲突 3 得到了定义——尽管它是以意图过于明显的自省定义的。而在全片中，我们再也没有看到劳埃德自省过。

不归点是什么？

两个小伙子前往阿斯彭的旅程占据了第二幕的前半部，这使得他们得以从容地应对冲突 1 和 2（冲突 3 只在劳埃德向玛丽求爱的幻想段落中得到了处理。在这一段落里，劳埃德用他可以点燃的屁令玛丽目眩神迷——嘿，如果你只有这一招，你就只能靠它了，对吧？）途中，劳埃德和哈里让一个假扮成搭车客的绑匪上了车，却在路边餐馆无意间地杀死了后者——他们在他的食物里放了超辣的辣椒，致使他的溃疡遭到致命的恶化。后来，哈里又与一个同样前往阿斯彭滑雪的美丽女人攀谈起来，这次偶然的对话后来使冲突 1 得到了出乎意料但稍显不合逻辑的解决。当然，冲突 2 一直存在，哈里烧着了自己，而劳埃德的汉堡则被一个农人吐了痰（正是此人在后来试图侵犯他）。此外，他们还使一个摩托巡警误喝下了劳埃德装在啤酒瓶里的尿。

接着，影片的第 52 分钟（49%），剧本引入了一个全新的冲突。劳埃德在驾车时选择了错误的出口，他们这才发现自己朝着相反的方向开了一整天。汽油用光了，两人吵了一架。哈里一气之下准备一路走回罗德岛。新的冲突：劳埃德对哈里。议题：他们还能继续做朋友吗？由于劳埃德搞到了一辆小得可笑的摩托车，使他们得以完成剩下的路程，这一冲突暂时解决了。

当小伙子们在第 57 分钟（53%）最终到达阿斯彭后，他们搞砸了玛丽和家人（尽管身处绑架事件当中，他们还是不断公开露面）主持的慈善活动。这一事件最终把劳埃德和哈里与冲突 1 牢固地联系起来。在此后的影片中，他们将去应对那些与绑架有关的人物。坏人们在派对上发现了劳埃德和哈里。由于之前有一个喽罗死在路上，坏人们推测自己遇到了两个犯罪高手，而后者来到这里就是要搞掉他们的。当劳埃德不小心用香槟酒弹出的木塞杀死了珍稀的雪鸮时，他们更加坚信了这一想法（绑匪们把这看作一个"警告"）。当然，劳埃德和哈里仍然不知道自己卷入了绑架阴谋。他们躲开了尼古拉斯精心设计的陷阱，竟被后者当作犯罪大师。这种喜剧设计——傻瓜表现得像天才，在这里处理得既令人厌倦又过于随意。至于更好的处理，请去欣赏彼得·塞勒斯（Peter Sellers）最后的佳作《富贵逼人来》（*Being There*，1979）。

另一个结构上的小问题是玛丽和哈里在派对上建立起了不太可信的情感交流。他逗笑了她，令她忘记了烦恼。他们开始一起厮混，这使得劳埃德勃然大怒。这一很晚才引入的次冲突——劳埃德对哈里，因而成为了驱动第二幕剩余部分的引擎。我们将会看到，哈里和玛丽之间迅速萌生的情感交流由于他自己的原因（粘在滑雪缆车上的舌头）和他的"朋友"劳埃德从中作梗（后者给他下了强力泻药）而遭到了阻挠。可是，嘿，这部电影讲的不是绑架吗？这儿到底又发生了什么？当编剧似乎完全忘记了主要冲突时，我们怎么能到达不归点呢？

最终，在影片的第 94 分钟（88%），劳埃德得以与玛丽独处并向她示爱。结果，由于语无伦次，他竟告诉她"自己极度渴望和男学生做爱"。后来，他稍微恢复了一点，总算把自己的真实感情表达了出来。冲突 3 来到了它的不归点。在这一阶段，绑匪们似乎被编剧们遗忘了，而我们则似乎躲在避风港里，远离了结构上的风暴。

冲突如何解决？

当玛丽告诉劳埃德，他只有十亿分之一的机会时，冲突 3 唐突地解决了。但是，这一解决只是对我们而非劳埃德而言。他认为这些障碍微不足道。（"你这是在告诉我，我还有机会了！"）

接着，不等玛丽带着手提箱离开，尼古拉斯持枪闯入，并把玛丽和劳埃德铐在了床头。冲突 1 又大张旗鼓地接管了影片。尼古拉斯狂怒地发现，手提箱里只剩下劳埃德和哈里手写的欠条（他们把钱全花在旅馆房间、可笑的装束以及一辆兰博基尼上面了）。当尼古拉斯准备扣动扳机时，冲突 1 总算来到了清晰的不归点。此时，哈里竟然独自持枪冒出来一通乱射。接着，哈里先前在途中遇到的那位美丽的滑雪者率领一众联邦探员拍马赶到。原来她本是联邦探员，一路跟踪而至——显然，联邦调查局需要探员开着车顶上捆着滑雪板的旅行车横穿全国。尼古拉斯被逮捕，玛丽的丈夫获救——影片的第 98 分钟（92%），冲突 1 得到解决。夫妻团聚，只是劳埃德未能抱得美人归。对此，他接受得还算坦然。毕竟，抢下联邦探员的枪并在玛丽面前把她的丈夫打成筛子只能发生在他的幻想里。

不过，当劳埃德启程回家时，他肯定不会是孤家寡人。和他在一起的是拯救了他性命的傻伙计哈里。自然，他们已经和好如初了（迟到的次冲突得以解决）。等等，那么冲突 2 呢？劳埃德和哈里的愚蠢呢？好吧，一辆巴士停在了我们的主人公身边，车上满是来自夏威夷的热带女郎。女郎们声称，她们需要找两个小伙子做参赛前往身上抹油的工作。结果呢，哈里和劳埃德回答说，她们走运了，"不远处有个镇子，你们一定能在那儿找到人。"冲突 2 仍然悬而未决。一日衰人，终生衰人。

总而言之，《阿呆与阿瓜》的结构在很多方面是拙劣的。首先，冲突的锁定点在故事中相当分散，第一和第二幕间的分幕来得不坚实。事实上，它们并未清晰地凝结成动态结构的各个阶段——更不必说，影片第二幕中的一大半是被一个先前未曾呈现的冲突所占据了。[①]

然而，对《阿呆和阿瓜》的考量却是很有益处的，这是由于，它证明了一条独一无二的戏剧原则——在喜剧中，即使人物没有被他的经历改变，影片通常也能取得成功。就这一点而言，喜剧在所有类型中可谓绝无仅有。事实上，这一特性时常就是影片中最大的笑料。当滑稽的主人公经历了那么多疯狂、那么多可能改变人生的事情之后，他们依然是那么愚蠢，依然那么无忧无虑，在未来的历险中，他们还会一路跟跟跄跄下去。这里就是如此，劳埃德未能得到女人，他们未能得到金钱，甚至没有变得聪明一点。连落在怀里的金色（或者说褐色）[②]机会，他们都看不出来。什么也没改变，什么也没学会。劳埃德和哈里还是老样子。也只有在喜剧里，当看到人物回到原点，观众依然会买账。一个连贯故事的结尾未必会是这样。但是只要我们能笑到呕吐，就永远会有人愿意拿着桶在一旁接住。而且，除了票房，谁还在意别的呢？

习题：《阿呆与阿瓜》

1. 正如我们在讨论《阿呆与阿瓜》时提到的，当人物的经历未能改变自身时，喜剧仍然可以取得成功。想想看，在其他类型中，有没有人物不曾改变的成功影片？动作片、科幻片、甚至是剧情片？把这两部影片写在下面。是什么阻止人物的变化，为什么尽管缺乏变化，这些人物在戏剧上仍然是奏效的？

[①] 诚然，你可以脱身而出，围绕一个第一幕中没有处理过的议题构建你影片中的第二幕。但要做到这一点，你必须是个结构奇才才行……至少要比《阿呆与阿瓜》的作者更会构建你的故事。关于结构诡计，我们将在本章稍后的部分讨论电影史上最著名、完成得也最好的一个例子。
[②] 此处作者是暗指热带女郎的肤色。——译者注

影片 1_____

如何奏效?_____

_____

影片 2_____

如何奏效?_____

_____

天外魔花

Invasion of the Body Snatchers

1956 年,80 分钟

编剧:丹尼尔·曼沃林(Daniel Mainwaring);根据杰克·芬尼(Jack Finney)连载于《科利尔杂志》(*Collier's Magazine*)的小说改编

《天外魔花》是迄今为止最具影响力的科幻电影。它启发了三次"正式"的翻拍。此外,自其问世六十年来,片中的元素不断出现在其他科幻电影中。它是我最喜爱的电影之一。我个人认为,它也是有史以来最伟大的恐怖片。这是因为,片中的怪物是一个抽象物。

想想所有其他恐怖电影中的怪物吧。它能把你怎么样?吃了你,把你撕碎,控制你。喊里喀嚓!你就完蛋了。可在《天外魔花》中,邪恶力量的折磨是完全不可见的,威胁是模糊的,是关乎情感的——我们失去了它,抑或别的什么东西。它把你吓得暗无天日!这一威胁的极度无实体性使我们可以把任何正在发生的事物看作无形的恐怖。危险在于,我们自身的灭绝,某种程度上是在暗中发生的。而通常作为良药的睡眠,反而成了敌人。

分析：人物和情景

人物是谁？

小镇医生迈尔斯·本内尔，他的过去和未来的女友贝琪·德雷斯科尔，以及他们的毫无戒备的朋友和邻居。而这些人，正在被来自外太空的无灵魂入侵者控制。

那是何时？

影片发行于1956年。美国在历史的这个节点上，已经达到了近似于"乐土"的状态，经济稳定，价值观统一。对大多数美国人而言，小镇生活至今仍是他们的如实写照，作者我本人就过着这种生活。然而，这种生活却面临着陌生的威胁，它们悬置在每个人的头上：原子弹、共产主义，而其中最可怕的则是未来——它注定成为某种人们极端不熟悉的东西。（"过去几年中发现了那么多事物，"影片的主人公说道，"任何事都是有可能的。"）在我们的历史上，这是我们最后一次希望维持老派的、可理解的生活方式，但这没能持续多久。人们熟知和感到慰籍的东西将不复存在，《天外魔花》觉察到了这迫在眉睫的毁灭。影片绝望地试图抓住我们曾经拥有的一切。对自己所处的时代，它满怀乡愁。

冲突是什么？

《天外魔花》是一部把冲突藏在袖子里的电影。它是一个经典的"我们对他们"的科幻故事——迈尔斯作为人类的代表，与外星入侵者战斗。冲突是外在的，并且很容易总结：迈尔斯希望逃出圣米拉镇，把入侵者不断蔓延的控制告知世人；而外星生物则想把迈尔斯变成它们其中的一员，以同样的方式降伏全体人类。冲突：人类对入侵者。议题：人类的命运。

在影片向我们摊牌，表明自己是一个外星入侵的故事之前，它戏弄了我们一下。主要冲突似乎是内在的——换言之，圣米拉的居民们也许是患上了"集体癔症"。他们纷纷认为，他们的亲友们都不再是表面上的那个人了。看起来，整个小镇都需要看心理医生。直到迈尔斯和女友偶然发现了正在孵化的外星豆荚，我们才确信，入侵是真实的，并不是人们由于心智焦虑而捏造出来的。

很多批评家把《天外魔花》读解为一个基于麦卡锡时代猜疑的寓言，认为它反映了一种担心共产主义者秘密渗透进美国生活各个方面的普遍恐慌。毕竟，影片中的"豆荚人"就像共产主义者，看起来"和我们一样"。但影片最终还是独立于任何寓言式的读解，它是被强烈的外在冲突驱动的。

冲突何时、以何种方式被定义？

《天外魔花》有着奇特的结构，它是由一系列启示性震惊（revelatory socks）逐步构建起来的，人物首先发现豆荚的存在，然后又发现它们试图控制城镇。（这一启示性震惊结构之所以奏效，要归功于"享乐适应"[hedonic adaptation]的概念，我将在第10章详加探讨。）

建置：刚刚从医学研讨会回来的迈尔斯对朋友和邻居的离奇行为感到吃惊。小男孩吉米·格里马尔迪声称他的妈妈不再是他的妈妈；威尔玛表姐"就是"知道艾拉叔叔不再是他自己了。接着，迈尔斯的病人莫名其妙地纷纷改口，认为他们的问题不再值得医生劳神。他们全都恢复健康了——健康得过头了。

启示性震惊1：事态目前还不算太过离奇，直到影片的第20分钟（放映时间的25%）。迈尔斯的作家朋友杰克·贝里塞克在自家的台球桌上发现了一具躯体。这具躯体有着古怪的特性，其外貌尚未形成，而且没有指纹。当杰克睡觉时，它迅速地生长，变成了杰克完美的复制品，连手上刚刚割破的伤口都一模一样。很快，另一具躯体——迈尔斯前女友贝琪的半成形复制品在德雷斯科尔家的地下室出现了。但迈尔斯和同伴尚未来得及把尸体交给警方，躯体却全部消失了。这看起来真的像一场集体癔症，但某种怪事的确正在发生。恰好在四分之一的位置，人物陷入了即将在后面的影片中支配行动的冲突。

不归点是什么？

启示性震惊2：接着，在第40分钟的位置（恰好是影片全长的50%），迈尔斯在他的花房里发现了正在孵化的巨型外星豆荚。里面共有四个复制品：贝琪、杰克及其妻子、迈尔斯自己。此时此刻，正在发生的事最终清晰了。圣米拉的居民们正在被地球以外的生物暗中取代，迈尔斯和女友必须逃出去警告世人，否则便为时已晚。

启示性震惊3：他们试图打电话给联邦调查局设在最近的大城市洛杉矶的分支机构。那时候，电话还不能直拨，这就意味着他们必须通过人工（他们以为！）接线员拨号。但当一个礼貌的声音告诉他们全镇都占线时，他们意识到圣米拉的电话交换机已经被入侵者接管了（第45分钟，56%）。

启示性震惊4：问题现在变成了豆荚人已经把城镇控制到何种程度。次日早晨，这一成败攸关的问题得到了解答。人物们看到，在光天化日之下，农夫们在镇中心把成车的豆荚分发给居民，以便输送到更远的社区，而这竟是在当地警方的督导下进行的。外星生物大爆发已经逼近临界点，随时会变成一场"蔓延全国的恶性疾病"。此时，影片的第57分钟（71%），不归点到来了。主人公知道，如果不赶快行动，人类就将毁灭。

冲突如何解决？

启示性震惊5：震惊来得更加频繁而迅速了。影片的第58分钟（73%），杰克及其妻子背叛了迈尔斯和贝琪，向豆荚人屈服。为了避免被追踪而至的豆荚人抓获，迈尔斯和贝琪疯狂地向高速公路主干道逃去。夜幕降临后，迈尔斯和贝琪躲进了镇外的一个隧道。由于吃光了兴奋剂，他们只能强打精神，而一旦睡着，豆荚就会趁此机会生长。它们会一点一点地吸收你的心智，而情感则会被留在你的旧躯壳中。作为人形动物的过时附属物，情感对从豆荚中孵化出来的植物生命体而言，是毫无必要的。

启示性震惊6：夜间，迈尔斯把已经筋疲力尽的贝琪留下，离开了一小会儿。回来后，在情感的驱使下，他吻了她。接着，他意识到自己吻的并不是贝琪——她刚才睡着了，现在已经变成了一个外星生物（第75分钟，94%）。在圣米拉镇，迈尔斯已经是唯一幸存的人类，世界的命运落到了他的肩头。

终于，迈尔斯摆脱了穷追不舍的豆荚人，到达了高速公路。他拦截车辆并高声警告道，"它们已经来了！你就是下一个！"然而，他却恐惧地看到，一辆辆装满豆荚的卡车正在开往洛杉矶、旧金山以及其他的大城市。从技术上说，冲突并未解决，但看起来，人类即将谢幕了……

影片本来应该就此结束。然而在发行的时候，《天外魔花》却被加上了一个框架故事。大叫着"我没疯"的迈尔斯被拖进了医院。一个精神病医生询问了他，并且听到了作为闪回的主干故事。医生听完迈尔斯的故事后，差一点将他送进疯人院。幸好此时，一个急救人员送来一个受伤的卡车司机，并且声称此人被埋在一堆他"平生所见最奇特的东西"——巨大的豆荚下面！医生总算相信了迈尔斯，并且致电"全州所有执法部门"以及联邦调查局。迈尔斯看起来第一次充满了希望，在威胁面前，他不再是孤身一人了。虽然冲突仍未完全解决，豆荚还在那儿，但迈尔斯已经实现了他的目标。毕竟，掌权者已经得到了警告，人类有可能得到拯救。

正如评论者们经常提到的那样，这一序幕和尾声是制片方强加给编剧丹尼尔·曼沃林和导演唐·西格尔（Don Siegel）的。《天外魔花》原先的终场（迈尔斯无助地警告着过往的车辆）更加虚无主义，没有给予观众一丝希望。尽管这个框架设计曾经作为艺术上的缺陷遭到过批评（特别是西格尔自己），可我认为它反而对影片起到了改善作用——它增强了开端的阴谋和悬疑，又把希望赋予结尾。批评家们声称，由于这意味着人类将会获胜，因此使得恐怖不那么纯粹了。而我在第一看到它时，却并不认为可以将其引申理解为人类必胜无疑。相反，人类现在面临着一场胜负难测的大战。所以，这一尾声已经把我吓得够呛，如果不是其中呈现出的希望，我也许会懊丧不已。我也许会认为，影片的制作者并非是我的朋友。

习题：《天外魔花》

1.《天外魔花》之所以奏效，是由于使用了"启示性震惊"。它在一系列威胁不断增长的瞬间中推动故事向前发展，并且建立起叙事中的恐怖。举出另一部同样通过使用了"启示性震惊"建立故事的影片，细致地描述这些震惊如何推动故事向前发展，并且增加了其中的张力和悬疑。（当然，未必非得是恐怖片，只要类似地使用了这一设计即可。）

启示性震惊的影片：_____
_____

震惊如何被使用：_____
_____

李尔王

King Lear

约 1605 年

威廉·莎士比亚著

《李尔王》在我们的研究中非常重要。这是因为，正像所有的莎士比亚戏剧一样，它是一部五幕剧。它能被转换成我们的带有冲突的三幕吗？它能完全符合吗？

《李尔王》的潜文本，已经被人分析到头了，这很可以理解。我们的目的只是看看这部剧是否适合带有冲突的三幕。如果不能，也不说明《李尔王》甚至五幕格式不好。我的体系不是要把所有伟大的艺术包含进去，只是要提供某种最低限度的基础，而这位戏剧大家也许并不甘于遵循或者求助于它呢。

分析：人物和情境

人物是谁？

李尔，上了年纪的古代不列颠国王；他的女儿（奸诈的戈纳瑞和里甘、高贵的科迪利娅）；不列颠宫廷的各类成员。

冲突是什么？

有趣的是，《李尔王》包含的内在冲突很小。人物的感情态度从一开始就被清晰地限定了（李尔那顽固的骄傲、戈纳瑞和里甘的背信弃义），在行动的进程中，他们从未动摇。如果一个人物确实经历了感情逆转（例如盲目的葛罗斯特接纳了之前抛弃的儿子埃德加），那么这一变化也与灵魂的探索关系甚少，它承担的更多是情节转折的作用，而非表现人格的斗争。

李尔以愚蠢开始，并在后来获得了智慧。然而，本剧在开场时还是留下一些暗示，说明他在犯下愚行前，还是一个好国王。显然，他那"告诉我你有多么爱我"的愚行只是一个短暂的判断失误。他只犯了一次错，却不幸地导致了他的王权和家庭的覆灭。这是一个经典的悲剧，从最本质上看，促使李尔的垮台的不是重大人格缺陷而是单一的、孤立的糟糕决定。他的转变不是从坏国王变成了好国王。真正的转变似乎是他学会了谦逊。因此，尽管本剧享有盛名，李尔的人格转变却不是故事的核心点。不过，这还是让球朝着情节滚动了起来。冲突1：李尔的骄傲。

由于充满外在冲突，《李尔王》不需要内在的不和谐。阴谋和背叛遍地都是。当李尔要求科迪利娅表现出阿谀奉承时，她拒绝了。两人因此发生了抵触。而戈纳瑞和里甘将李尔逐出了城堡，并且剥夺了跟随他的士兵。葛罗斯特的私生子埃德蒙由于觊觎婚生兄弟埃德加的继承权，于是制造"婚生子"试图弑父的假象，促使父子反目。接着，国王的坏女儿及其夫婿们和葛罗斯特也敌对起来。再后来，戈纳瑞和里甘又为了获得埃德蒙的好感，密谋搞掉彼此。太多的你来我往，太多的见招拆招，这很自然地让人认为，这些外在冲突中的一个就是驱使行动向前的引擎。冲突2：每个人和彼此敌对。"议题"用我们先前讨论过的另一个经典悲剧《德州电锯杀人狂》海报上的话表述最为合适："谁会幸存？又剩下了什么？"

然而，驱使所有这些冲突的是莎士比亚笔下的世界，从根本上，它的性质是错误的，愤怒神明恶意地压倒了他的造物。葛罗斯特在第一幕第二场中这样描述这种恐怖："最近这些日食和月食不是好兆……爱情冷却，友谊疏远，兄弟分裂；城市发生暴动，国家发生内乱，宫廷发生叛逆，父子关系崩裂……现在只有阴谋、欺诈、叛逆、纷乱，追随我们不安地走向坟墓。"所有这些（以及更多的）悲剧压倒了《李尔王》中的人物。父辈反对子女（无论是怀恨在心的李尔，还是上当受骗的葛罗斯特都是如此），子女又攻击父辈。王国支离破碎，好人死去，恶人受到的惩罚又太少太迟。这些灾难，从其所有的变化来看，都更应归咎于命运，归咎于不满的上苍的严厉判决，而非人物本身的不当行为。本剧是被整个世界中公义、理性和正直的感觉缺失所驱动的。这一缺失狂暴地扭转了剧中的世界，也只有这样，国王的愚昧才能得以理解。冲突3：人和命运。争论的议题：人能否掌握自己的命运，抑或他只是一个无助的神意的牺牲品？

冲突何时、以何种方式被定义？

斯蒂芬·奥格尔（Stephen Orgel）在鹈鹕版的《李尔王》序言中写道，在莎士比亚前两幕（138页的剧本中占61页，全剧长度的44%）整个进程中，"一旦前两场中的可能行动发生，悲剧就非常迅速地形成。李尔在第二幕结尾时就从君主变成"一个可怜的老头子"，"充满了忧伤和老迈，被两者折磨得好苦"(第二幕第四场),而葛罗斯特在第三幕结尾时就被弄瞎了。

莎士比亚在(五幕中)第一幕的前两场就埋设好了他的主要情节,冲突1和2迅速得以建立。李尔把王国分给了两个女儿戈纳瑞和里甘,而后者却以密谋推翻他作为回报。与这一错误判断相对应,老国王放逐了真正爱他的女儿科迪利娅以及最忠心的朝臣肯特。与此同时,埃德蒙为了挑拨离间,则让一切看起来像是兄弟正在密谋反对父亲。当这些诡计逐步展现时,浮现在地平线上的灾难似乎只是由李尔顽固的骄傲、他的女儿们奸诈的本性以及埃德蒙拥抱邪恶所引发的。但当葛罗斯特读到了"埃德加"的信时,他(正如前面引用到的)为麻烦越来越多而责怪上苍。在这里(第62页处),冲突3——世界反复无常的认识被引入了,在全剧中,当事件变得越来越暗无天日时,这一认识被不断地重申。

不归点是什么?

在莎士比亚的整个前三幕中,我们无助地看着事件逐步逼近李尔、葛罗斯特以及其他我们关心的人物。被女儿逐出后,李尔只能落得在暴风雨中呼喊。肯特被关进牢房。埃德加为了保命,被迫伪装成一个疯乞丐。而受骗的葛罗斯特却不住追捕自己的儿子,完全没意识到这是埃德蒙设计挑拨。命运当然是在跟我们的主人公作对。然而,此时还没有任何一桩恶行积累到万劫不复的程度。戈纳瑞和里甘仍然可以令人信服地幡然悔悟。葛罗斯特和埃德加可以言归于好,李尔和科迪利娅也是如此。希望还在我们心中翻腾。

在莎士比亚的第三幕,希望被打碎了,里甘和她的丈夫康华尔公爵挖掉了葛罗斯特的眼睛:"出来,令人作呕的浆块!"(第87页,63%)。无可补救的错误已经犯下:葛罗斯特,一个无辜的人,遭到了毁伤。从此以后,我们只会期待这些人物被诸神降下最可怕的灾祸,全剧向着悲惨的结局不可阻挡地推进。

冲突如何解决?

许多批评家和研究莎士比亚的学者把《李尔王》看作这位诗人最消极

的作品。这是很有理由的：中心冲突并未解决，这并不是说，各个独立的故事都悬而未决。李尔和唯一忠诚的女儿科迪利娅重逢，而后者为了赶走戈纳瑞和里甘，带来了法国援军。与此同时，两个邪恶的女儿却为了嫁给埃德蒙（此时他已经是新的葛罗斯特公爵，并且基本上摧毁了他的父亲）而彼此敌对。戈纳瑞刺死了里甘，（终于！）在内疚的驱使下，服毒自尽。埃德加最终维护了他自己，在决斗中杀死了私生子兄弟，夺回了继承权。而后，科迪利娅被英军俘获，未能等到处决她的命令撤销就被绞死。李尔因这样惨痛的损失而发了疯，伤心而死。

纯粹从叙事的观点看，这已经足够干净了。组成冲突 2 的各种次冲突都（或好或坏，坏的更多些）被解决了，李尔也当然得到了"骄傲是危险的"教训。但是，从主题上，没有任何东西被解决。邪恶得到了惩罚，但善良没有得到报偿。李尔和科迪利娅死了；葛罗斯特终生盲目；可悲地见证了他的主人和一个无辜女人死去的肯特只能孤独苟活。尽管高贵的埃德加夺得了不列颠的王位，但他却明白这一胜利代价不菲，自己依然被诸神支配。（"这惨痛时刻的重担我们不能不背。"）全剧就结束在这样的氛围里：王国并未重获希望，反而因无辜人无意义的、无法弥补的死亡而悲痛万分。过往的荣耀荡然无存，只剩下表面上得以恢复的秩序，既绝望又可悲。《李尔王》的结尾和开头一样，人都被残酷而冷漠的世界支配，而后者的态度，用可怜的瞎子葛罗斯特在第四幕第一场中的话概括起来最为恰当："天神对于我们，就像顽童对于苍蝇一样，他们为了戏弄而把我们杀害。"

我们看到，《李尔王》的确符合三幕动态结构，但莎士比亚自己的五幕结构却同样有其功能。莎士比亚是这样安排《李尔王》的：

第一幕：五场，36 页，占全剧的 26%，以李尔派肯特去里甘的城堡送信结束。

第二幕：四场，27 页，占全剧的 20%，以李尔和戈纳瑞、里甘争吵，逃入暴风雨中而非解散他的骑士结束。

第三幕：七场，25 页，占全剧的 18%，以葛罗斯特被康华尔弄瞎，后者又被手下的一个仆人杀死结束。

第四幕：七场，31页，占全剧的22%，以李尔和科迪利娅重逢结束。

第五幕：三场，20页，占全剧的14%，以埃德加杀死埃德蒙，里甘和戈纳瑞死去，科迪利娅被处决，李尔伤心而死结束。

罗伯特·麦基曾经讨论过莎士比亚的五幕结构，他解释说，在电影中，五幕"节奏"需要"每隔十五或二十分钟便出现一个重大逆转"。他还警告道："当作者增加幕时，他必须强行发明五个，也许六个、七个、八个、九个甚至更多的辉煌场景……即使作家感觉到他要每隔十五分钟就努力创造出一个重大逆转，于是就利用生与死的场景来转折一幕幕的高潮，生与死、生与死、生与死、生与死，但如此重复七八次，厌倦感也会油然而生。"①

话是没错。但如果莎士比亚掌舵就不会那样。除了第一幕外，全剧的每一幕都以一个重大的、在剧中叙事中具有决定性的事件作为高潮，而其中最悲惨的一个（不归点）几乎恰恰出现在全剧时间的三分之二。第五幕尽管最短，场景也最少，却灵巧地解决了剧中的各种冲突，并使我们的人物迎来了幸福或（大部分）不幸的宿命。因此，即使莎士比亚选择了五幕结构，三幕动态结构同样适用于这部已经存在的戏剧。结构的模型就像手套一样合适，不必刻意扭曲就能使之奏效。

嗯，你知道……莎士比亚也许制造了一个电影编剧的地狱。

习题：《李尔王》

1. 正像莎士比亚的所有戏剧一样，《李尔王》遵循五幕结构。选出两部采用了多于三幕的叙事结构的影片，概括其中的分幕。即使有更多的幕，这些影片是否仍然遵循动态结构中冲突锁定、不归点、冲突解决的安排？

影片1＿＿＿＿＿＿＿＿＿＿＿＿＿＿＿＿＿＿＿＿＿＿＿＿＿＿＿

---

① 《故事》，第258—259页。——译者注

幕的数量_____

分幕及其发生的时间_____

_____

动态结构中的冲突锁定_____

_____

动态结构中的不归点_____

_____

动态结构中的冲突解决_____

_____

影片 2_____

幕的数量_____

分幕及其发生的时间_____

_____

动态结构中的冲突锁定_____

_____

动态结构中的不归点_____

_____

动态结构中的冲突解决_____

_____

阿拉伯的劳伦斯

Lawrence of Arabia

1962 年,修复版 216 分钟

编剧:罗伯特·博尔特(Robert Bolt)、迈克尔·威尔逊(Michael

Wilson）；根据T·E·劳伦斯（T. E. Lawrence）的自传《七根智慧之柱》（*The Seven Pillars of Wisdom*）改编

李兰·瑞肯（Leland Ryken）教授在他的论文《作为文学的圣经》（*The Bible as Literature*）中，把史诗定义为"国家命运的长篇叙述"。大卫·里恩令人赞叹的传记片《阿拉伯的劳伦斯》无疑符合这一描述。该片讲述的正是"一战"期间阿拉伯追求自主权的故事。但是，《阿拉伯的劳伦斯》绝不是一部普通的史诗。剧本避免了好莱坞巨片里常见的过于简单化的人物塑造，而代之以一个谜一般的历史人物。在影片中，人物既没有被冲突吞没，甚至不是冲突的起因，而是象征了冲突。因此，相对于前述的影片，我们对本片结构的审视要更加深入和广泛一些。一开始可能有些困难，但请对我有点耐心，就像看这部影片本身一样。在这里，我要建置一些东西。

分析：人物和情境

人物是谁？

T·E·劳伦斯，真实人物，英国军官，"一战"期间曾与阿拉伯各部落一起抵抗土耳其。他的各种盟友和敌人：英国人、阿拉伯人、土耳其人。

冲突是什么？

与其他战争片一样，《阿拉伯的劳伦斯》充满人物之间、群体之间的强烈冲突。自远古以来，阿拉伯部落便统治着作为影片背景的沙漠（它几乎是影片的另一个人物，真的）。如今，劫掠成性的土耳其人对他们的疆土构成了威胁，阿拉伯人准备开始反击。而英国人前来支持阿拉伯人开战，但正如很多阿拉伯人相信的那样，一旦战斗结束，他们就会离间阿拉伯人及其欧洲盟友。（片中并未真正解释劳伦斯，一个性情上不适合战斗的人，为何会在激烈的战争中找到自我。我们甚至连一开始他为何参军都不知道。

但随着影片推进，我们发现劳伦斯并不是他看上去的那个样子）。冲突1：第一次世界大战。议题：谁将赢得战争？

除了英国—阿拉伯联军和土耳其之间的战争外，英国人和阿拉伯人间也矛盾重重。英国人把阿拉伯人看作需要学习"文明人"（即白种英国人）规则的野蛮人，而阿拉伯人则不无道理地把英国人看作潜在的殖民者。阿拉伯各部落之间也有摩擦，数百年来他们互为死敌。这种内讧以哈利斯部落的阿里王子和哈维塔特部落的奥达·阿布·塔伊之间的敌对体现出来。前者是骄傲的贵族，后者是残忍的酋长。冲突2：不和的盟军。议题：一旦战争结束，谁将控制阿拉伯？

劳伦斯自身也与影片的其他人物不和。他和他的英军指挥官间关系紧张。后者把他看作一个反复无常、性情多变的无赖，若不是因为他达成了目的，简直无法容忍。劳伦斯和他的阿拉伯盟友、高贵的阿里也很不对路。后者不知该把劳伦斯看作阿拉伯人神圣的救星还是另一个嗜血的暴君，抑或是一个彻头彻尾的疯子。冲突3：劳伦斯对其他人。议题：劳伦斯能够自行其是，还是屈服于他人的意见？

当然，劳伦斯的内心冲突也很激烈。很多电影人物都表现了内在冲突，但问题在于，这里不只有两个劳伦斯，而是许多个。首先，有一个劳伦斯希望留在阿拉伯。这个"热爱沙漠的英国人"把自己看作征服者，事实上近乎于神。然后，你又看到一个只想逃离沙漠磨难的劳伦斯，一个意识到"我只是个凡人"的劳伦斯。冲突4：劳伦斯对自身。议题：这个人到底是谁，他把自己又看作谁？

于是，我们在这里有了相当广泛的冲突，既有内在的也有外在的。然而，《阿拉伯的劳伦斯》仍然不易捉摸。诚然，这里的冲突很多，但哪一个是主要的，是所谓搅动沙子的那根稻草呢？劳伦斯和他的英国上司？劳伦斯和土耳其人？劳伦斯和沙漠？劳伦斯和自己？冲突到处都是。问题在于，哪一个是逐步升级，在影片的三分之二处变得不可逆转，并在结尾解决了自身呢？而答案，正如我将在本节的剩余部分说明的那样，一个也没有。

每次我试图突出这些冲突中的一个，使其作为行动的首要驱动力，影片都使我脱轨，最终阻止我清算这些冲突并清晰地解析影片。

冲突如何、以何种方式被定义？不归点是什么？

冲突1：这一冲突并不需要真正从叙事上去建立。作为英王陛下的军官，劳伦斯一开始就是和土耳其人敌对的，发生在影片中的整个战役是这一冲突的一部分。

这一冲突的不归点在影片的第169分钟到来（放映时间的77%），劳伦斯和土耳其长官激烈争吵，后者拷打并强奸（片中暗示）了他。在这次经历后，劳伦斯对土耳其人从职责上的敌对转为恶劣的个人仇恨，并在大马士革城外的血腥战斗中达到顶峰（"不留活口"）。

然而，和土耳其人的战争却不能成为主要冲突，这首先是由于影片并未要求观众对他们心怀憎恨，即使在劳伦斯受到土耳其长官虐待之后，我们的主要议题也是这一遭遇如何改变了劳伦斯，而不是土耳其人如何因强加给他的暴行而受到惩罚。事实上，我们对土耳其人不怀有任何感情，除了长官外，其他人大多是没有面目的武装群众。他们是影片中的稻草人，无论劳伦斯何时和他们开战，他其实不过是和自己的某个方面开战而已。

冲突2：战争中联合起来的各个派系间的冲突并未得以突出，这主要是由于劳伦斯，影片的主人公，并不是驱动这些冲突的主要人物。在劳伦斯踏足沙漠之前，英国人和阿拉伯人早就各怀鬼胎、明争暗斗。尽管在阿拉伯，劳伦斯必须作为代表英国利益的说客，但他却并不对此怀有特殊的热忱（这一问题，当他的英国上司开始察觉到他过于关注他的"阿拉伯朋友"的利益时，变得更加严重了）。

这一冲突的不归点在第201分钟（93%），战争结束时到来。阿拉伯人占领了大马士革都城，各个部落如今必须学会彼此合作才能建立一个阿拉伯国家，否则就要面临英国殖民者的征服。但是，阿拉伯人早在与潜在的英国殖民利益开战之前就彼此敌对，无法达成真正的妥协。即使劳伦斯也无力施加影响，使其发生实质的改变。他虽然竭尽所能，却局限于他的英国职位。无论他的真心如何，这才是他的责任所在；无论他多么同情阿拉伯人，他也不可能真正成为其中的一员。影片在这些冲突仍然激烈时便结束了，劳伦斯试图从中调解，但可悲地一无所获。

冲突3：劳伦斯和他的上司。诚然，劳伦斯经常和他的指挥官较量，后者对这位少校离经叛道的做法非常不满。然而，劳伦斯却无可争辩地完成了任务。因此，尽管极不情愿，他们也无法将他革职。劳伦斯也一样，他知道，如果没有指挥官的指示，他在阿拉伯并无真正的权力，甚至根本不被允许进入这个国家。所以，这一冲突最终来自某种不稳定的僵局，正如一对不幸福的夫妻"为了孩子"（在这里，战争起到同样的效果）勉强凑合一样。

劳伦斯和阿拉伯人的冲突来自不同的性格。他们起先怀疑这个金发碧眼的人能否成为救世主，像摩西（他自己的比喻）一样率领他们走出沙漠。而他也一样批评阿拉伯人因循守旧、不会妥协，以世界的眼光看来是"弱小的民族、愚蠢的民族"。然而，他很快就赢得了他们。首先，他披上阿拉伯服装，学习沙漠里的风俗，接着不顾传说的禁忌，穿过沙漠中最严酷的区域，从陆路攻击土耳其海军基地。看起来，劳伦斯已经真的变成了"原住民"……直到被土耳其长官强奸（这同样也是这一冲突的不归点），他才意识到自己真正的出身。这一事件，正如他无力在战争胜利后使阿拉伯部落间达成真正的妥协一样，提醒他无法使自己真正成为一个阿拉伯人。因此，如果这一议题是影片的主要冲突，那么劳伦斯基本上是失败了。

冲突4：从影片最先的场景便清晰地展现出，劳伦斯无论身处何地都会格格不入。在英格兰这个"富裕的国家"，他显然是"不同"的[①]。一个身材修长、难以捉摸、有着梦一般眼睛的人，如同神话中的天使（穿上

[①] 影片中，劳伦斯对向导说，"英国是一个富裕的国家，每个人都很富裕。"向导说，"可你不富裕"。劳伦斯回答，"我和他们不同。"——译者注

长袍就更完美了）降临在阿拉伯，试图征服这片人类从未驯服的土地。一次又一次，劳伦斯做出了"注定"没有人能做到的事：他活着穿过了酷热的奈普哈德沙漠，率领部队从陆路抵达阿喀巴，向土耳其人发起进攻。当他的英国指挥官断然告诉他，这一策略不可能实现时，他回答说，"是的，我知道这不可能，但我已经做到了。"（这一评论与史诗常见的内容相一致："史诗的核心事迹由英雄完成，而这一事迹通常涉及军事上的征服。"[①]）在影片的第二部分，中场休息后，劳伦斯的自我形象极度膨胀，他如同战神一般站在火车的车顶，甚至邀请他的部下和自己一起铤而走险。

这里的不归点和冲突1、冲突3一样，都是劳伦斯被土耳其长官拷打。现实以最残酷的方式提醒他，他仍然是一个凡人，没有人能真正统治沙漠和其中的居民。他恳求解除他在阿拉伯的使命，但英军统帅却坚持认为他的价值重大，把他又派了回去。于是，他非但没有成为他所热爱的土地和人民的仁主，反而决定去尝试暴君的路线。在大马士革城外，他向土耳其士兵发起了血腥的进攻。（我们已经见识过，劳伦斯有嗜好流血的隐秘一面。在先前的影片中，当被迫处死一个背信的阿拉伯人后，他为自己喜欢扣扳机感到忏悔和不安。）自己已经变成的那个人令他恐惧和困惑，而和平已经不能像战争一样给予他抚慰。他无力从中调解这件事只能提醒他，他不属于这里。他一无所有地回了家。一个并不把英国当作家园的英国人，一个并不真正被沙漠欢迎的"阿拉伯人"。又一个冲突，又一个悬而未决。

我很早就发现，用我的动态结构体系分析这部影片，似乎不能得到任何正确的结果。把这一体系强加于这个故事就会把它搞得一团糟。的确，我建立的这些冲突似乎没有得到清晰而满意的解决。于是，我被迫改变我的假设。

我开始审视电影的结尾，看看高潮场景是什么，什么故事元素被解决了，或者说，影片至少尝试解决什么？我发现那是一个争吵不休的场景，在这里劳伦斯不断试图劝说并集合阿拉伯各部族创立一个战后的泛阿拉伯

[①] 李兰·瑞肯语。

联盟，但他不断失败。由于这一事件是影片的高潮，我冒险猜想这一冲突——劳伦斯追求给阿拉伯带来统一（作为我动态结构中冲突3的一个方面，它已经展现出来）——才是影片真正要讲述的东西。

我回溯这部电影，并且相当确信，影片充斥着处理"阿拉伯统一"议题的场景，自始至终，这都是一个延续的主题。劳伦斯实现这一目标的最大绊脚石是阿拉伯人本身。这就是说，文化特征阻挡了部落间的统一。这听起来很熟悉吧？这一读解开始感觉像霍华德—马布里式的影片分解了。那么，我们就用他们的方式试试，看看结果如何。

冲突：劳伦斯和阿拉伯统一

如果你记得，霍华德和马布里把冲突定义为"某人非常渴望某种东西，并在获得它的过程中遭遇困难"。劳伦斯渴望阿拉伯统一，但实现它却难于登天。

按照霍华德和马布里的动态结构，在阻止主人公达成目标中的一切都称为障碍。那么在劳伦斯的道路中，障碍就是"以各种方式威胁统一的阿拉伯文化态度"。

最终，霍华德和马布里的三幕动态中，关键的时刻是顶点，"剧本中的高点或低点，先前的一切最终趋向这一事件"并在第二幕中归结于此（这或多或少和我的不归点相一致）。

我们来进行分解：

第一幕"建置最主要的冲突"，劳伦斯渴望阿拉伯统一，在其中面临重重困难。

第二幕"包含一系列障碍，总体而言可以归结为'主人公能否为他或她自己挺身而出？'，一切归结于顶点，如此便创造了一个新的张力，'下面会发生什么？'"当劳伦斯第一次尝试统一阿拉伯时，他面临着一个艰巨的任务——阿拉伯人并不把自己看作一个统一的民族。"阿拉伯人？那是什么部落？"奥达在影片的第92分钟（43%）嘲笑劳伦斯。

劳伦斯历尽艰辛联合了各部落，领导他们取得了阿喀巴大捷，然而在胜利接踵而至时，他却在第159分钟（74%）到达了最低点。纵观影片的进程，劳伦斯距离目标越近，他对自己的能力的认识也越来越不切实际——他采取了一个极端不切实际的举动，进入土耳其人控制的戴拉城，遭到了逮捕和拷打。

第三幕"从第二幕的顶点（以逆转和转折）直接导向最主要冲突的解决"。现在，一个幻灭而怨怒的劳伦斯向土耳其人发动了一场血腥的仇杀。他纠集了他能找到的最凶恶的阿拉伯人（都是些被悬赏通缉的杀人犯），（以冷酷的方式）取得了战场上的胜利。然而在战后的泛阿拉伯议会上，劳伦斯无力弥合部落间经年已久的分歧。最初的障碍不可逾越，劳伦斯的目标最终令他困惑。

按照霍华德和马布里的方式，《阿拉伯的劳伦斯》也依然是部难分析的影片。这是由于，根据这一体系，提供故事的戏剧脊柱的议题——一个人和复杂而倔强的文化准则抗争，在片中至少是最不引人注目的。叙事上有太多其他的东西，太多有力的概念和场景。在观众看来，阿拉伯分裂的议题并不比一个转瞬即逝的麻烦更值得注意，尽管实际上它才是驱动，至少应当是驱动故事的核心动力。事实上，当我拿着秒表第一次观看本片时，甚至根本没有作关于阿拉伯统一问题的笔记。是的，它很重要，可是——呵呵，《劳伦斯》中的很多最戏剧性的场景与这一议题毫无关系，让人很难相信这才是实际驱动故事的张力。但在叙事元素中，它是唯一在三幕中承担不归点和真正（而非无果而终）解决功能的。如果这一元素不是《劳伦斯》的主要冲突，那么影片就根本没有。

显而易见，对一个关于统一的故事而言，《劳伦斯》并未很好地统一。在一个结构良好的故事里，每个场景都以某种方式专注于核心冲突。从亚里士多德的行动统一那里，我们就能倾听到这种聚焦。因此，《劳伦斯》真的不是结构良好的（哇！我这么说了吗？）。实际上，这部影片在第152至166分钟（放映时间的70%-76%）相当沉闷。放任在与影片要点无关的场景里总是要付出代价的,而这代价就是观众的注意力。在那个世界里,如果不清楚应该聚焦于何处,任凭再眼花缭乱也无法让观看者维持入迷的状态,这样的影片最终会变得冗长乏味。的确,影片在临近结尾时重拾冲突,但那令人疲倦的十五分钟却很难熬。

好吧,霍华德和马布里就到此为止。也许其他的专家更好些?拉约什·埃格里又会怎么说呢?

埃格里把冲突定义为四种,只有两种在写作戏剧时有作用:稳步升级的冲突,它能在高潮时建立爆发点;以及"预示"的冲突,通过它,人物之间张力或由于对过往事件的知晓而形成的张力,将会在故事迈向高潮时瓜熟蒂落。《劳伦斯》中的冲突——劳伦斯和阿拉伯分裂似乎属于稳步升级的那一种。但是,就算我们知道它,会有所帮助吗?

我们来看看,把这一情景分成幕(或者按照埃格里的方式,把它们叫做"步骤")会不会有益处……

埃格里的三步骤

(1)危机存在于主人公的生活中,并且越来越强。危机:阿拉伯的分裂。

(2)高潮,当一切到达尽头,两股力量狭路相逢,你死我活。由于无法将各部落维系在一起,劳伦斯试图凭借一己之力达成统一,却由于这一努力而遭到强奸。宏观地看,这一事件勉强称得上一个高潮,这是由于,各部落的分崩离析很难被看作"狭路相逢、你死我活",更不要说,强奸这一事件无论如何是发生在劳伦斯和土耳其人间的冲突中的。

(3)结局,由于冲突的获胜,胜利者产生,前提得以证明。尽管劳伦斯倾尽全力,但泛阿拉伯议会却无法统一阿拉伯各部落。"胜利者"是阿拉伯的分裂……究竟什么样的前提得以证明了呢?阿拉伯人是顽固的?敌手间的联合是不可能的?(如果是这样的话,这种不可能是对所有人而言,还是仅仅对劳伦斯而言呢?)

三种剧本结构体系都不能有效地解决《劳伦斯》的结构分析。我们可以把这部影片无止境地分析下去，光是罗伯特·麦基就提供了很多潜在的判断方式，我都不知从何处开始。显然，无论你用什么尺度去衡量，《阿拉伯的劳伦斯》都不是一部典型的影片。故事里散落着冲突，但它们基本上都是偶然的。但这部影片的确存在，或者说，它似乎只是为如下这个令人发狂而难以捉摸的问题提供了一个框架：这个人是谁？影片甚至没有回答它，只是一次又一次地提问。也许，这就是五十年来，人们一次又一次观看这部影片的原因。也许，他们希望这一次，沙丘会改变形状，奥秘会最终揭晓。

习题：《阿拉伯的劳伦斯》

1. 尽管在银幕上，《阿拉伯的劳伦斯》里有着充足的对立面，但作为一部主题多义的电影，它是被多变的、难以固定的冲突驱动的。举出两部由含混或间接定义的主题驱动的影片。这些影片的中心冲突是什么，三幕如何将这些冲突带到不归点上，如何解决它们，如果真的解决了的话（如果这些影片有三幕的话）？

影片 1＿＿＿＿＿＿＿＿＿＿＿＿＿＿＿＿＿＿＿＿＿＿＿
幕的数量：＿＿＿＿＿＿＿＿＿＿＿＿＿＿＿＿＿＿＿＿
中心冲突：＿＿＿＿＿＿＿＿＿＿＿＿＿＿＿＿＿＿＿＿
冲突定义：＿＿＿＿＿＿＿＿＿＿＿＿＿＿＿＿＿＿＿＿
＿＿＿＿＿＿＿＿＿＿＿＿＿＿＿＿＿＿＿＿＿＿＿＿＿
不归点：＿＿＿＿＿＿＿＿＿＿＿＿＿＿＿＿＿＿＿＿＿
＿＿＿＿＿＿＿＿＿＿＿＿＿＿＿＿＿＿＿＿＿＿＿＿＿
解决：＿＿＿＿＿＿＿＿＿＿＿＿＿＿＿＿＿＿＿＿＿＿
＿＿＿＿＿＿＿＿＿＿＿＿＿＿＿＿＿＿＿＿＿＿＿＿＿

影片 2＿＿＿＿＿＿＿＿＿＿＿＿＿＿＿＿＿＿＿＿＿＿＿

幕的数量：_____
中心冲突：_____
冲突定义：_____
_____
不归点：_____
_____
解决：_____
_____

失落的地平线

Lost Horizon
1937 年，134 分钟

编剧：罗伯特·里斯金（Robert Riskin）；根据詹姆斯·希尔顿（James Hilton）的小说改编

电影编剧罗伯特·里斯金和制片人兼导演弗兰克·卡普拉（Frank Capra）是电影史上最著名的搭档之一。他们一起创作了众多广受青睐的影片，其中还有两部赢得了奥斯卡最佳影片奖——《一夜风流》（*It Happened One Night*，1934）和《浮生若梦》（*You Can't Take It With You*，1938）。《失落的地平线》也是"卡普里斯金"组合的作品。这部影片时常被认为是部"经典"，但这并不是由于影片本身有多出色。事实上，《失落的地平线》是一个不能奏效的"好"电影的清晰例证。它鲜明展现了剧本在动态冲突上的崩塌如何毁掉了一部概念有趣并且在其他方面制作精良的电影。

我的大部分剧本分析都集中于结构问题。不过，在《失落的地平线》中，却存在比分幕之类的问题更深层的毛病。因此，我将更直接地依赖在本章开始时列出的分解模板。相比之前讨论的影片，我们这里将更加深入地探究人物。为了准确地判定影片的问题究竟出在哪儿，在这儿多花些工夫是值得的。

分析：结构

片中存在三幕吗？

《失落的地平线》中，第一幕是以驻华英国外交官罗伯特·康威开场的。为了躲避中国的战乱，一群白人游客和权贵冲上了飞机。当他们飞越喜马拉雅山时，飞行员迷了路，飞机迫降在群山之中。旅客们遇到了一群陌生的本地人，并得到了后者的接待。第一幕以康威和避难者们到达香格里拉——一个群山屏障的世外桃源结束。不久，人们就发现它有着魔幻般的特性（影片的第 34 分钟，放映时间的 25%）。

第二幕包括了避难者们在香格里拉的田园生活，以及他们如何全部（或者说几乎全部）被它的魔力所改变。在这个四季如春的安逸世界里，没有人生病，恶念和争斗都已成为遥远的记忆。人们难以置信地长寿，青春美貌常驻不衰。患有慢性病的名流格洛丽亚·斯通恢复了健康，美国骗子亨利·巴纳德开始探索这座山城，而挑剔的地质学家亚历山大·拉维特则在教授香格里拉的孩子们科学知识中找到了幸福。康威也许是其中最深受触动的一个。他首先为香格里拉的本地姑娘松德拉动心并与之恋爱，接着又被最高喇嘛——这片乌托邦中最神圣的人感召。喇嘛把他对香格里拉的想象分享给了康威。在他的想象中，当厌倦了战争、愚昧和毁灭后，全世界将会团结起来，尘世间所有的知识将会汇聚在一起，真和美会永久地统治下去。[1]这是一个极具诱惑力的想像，而康威则相信自己已经找到了真正

---

[1] 当美国电影学院发起《失落的地平线》的修复工作（于 1986 年完成）时，最高喇嘛的场景中有很大一部分（在胶片中长达七分钟）已经丢失了。但这些场景的声轨还在，它被配上了影片的剧照，收录于 DVD 版本中。

的归宿。

尽管旅行者们似乎只在香格里拉度过了几周，但实际上的时间已过去数年。时间在这个地方走得很慢。不幸的是，你大概已经想到了，故事也走得很慢。冲突是戏剧的精髓，你在一个没有冲突的地方怎么建立戏剧张力呢？在足足一小时的银幕时间中，基本上什么也没发生——只是让人意识到看着人们自得其乐是件多么乏味的事。

在康威的旅行团中，唯一没有拜倒在香格里拉魅力下的成员是他的兄弟乔治——他只想回到"文明"中去。在香格里拉，乔治也恋爱了。他爱上了"年轻"美貌的奥地利姑娘玛丽亚，并且完全不信后者实际已经年过八十。由于营救迟迟未能到来，乔治最终厌倦了等待，决定离开香格里拉。他设法说服康威放弃梦想（以及松德拉）和自己一起离开。

第三幕的内容几乎全是康威、乔治和玛丽亚在群山中游荡，并被寒冷和艰苦的旅行所折磨。由于暴露在外，玛丽亚迅速上了年纪，去世时已是垂垂老者。乔治在绝望中跳崖而死。康威被迫独自前行，很快被一群来自"真实"世界的旅行者所救。然而，他此时却只想着回到香格里拉……其实他本就不该离开。顺便说一下，最后这一部分没有出现在银幕上，而是由一群古板的英国绅士在俱乐部里讲给我们听的。在整部电影中，只有在这一场景中，我们才能见到他们；而他们出现在故事中，似乎仅仅是为了收个尾，并且打破经常出现在《编剧的核心技巧》（*Screenwriting 101*）之类书籍中的"展示，不要告诉"这一规则。

反面人物是谁？

《失落的地平线》陷入困境的另一原因是缺乏坚实的反面人物。当康威和同行的避难者来到这座神秘城市时，他们也许抱有不同的目标，但没有人试图颠覆他人的目标。在这里，最接近反面人物的是乔治，而他的愿望也不过就是回家。缺乏反面人物使故事的冲突以及因之而来的戏剧性，零零星星地衰减下去了。在令人兴奋的第一幕过后，影片乏味得令人难以忍受。

冲突是什么？

如前所示，《失落的地平线》亟需冲突。康威和乔治间的对立并未驱动故事，它存在于思想中，只是象征了实际的冲突。这部影片讲述的是"我们是谁"和"我们想成为谁"之间的冲突，讲述的是现实世界和代表着我们梦中理想世界的香格里拉之间的冲突。换言之，这部影片是寓言式的，人物因此必然是平淡的、仅仅为了表达哲学观点而存在的。不幸的是，哲学论文并不能时常变成引人入胜的戏剧，它总是使人物和冲突从属于"思想"。而《失落的地平线》就是例证。

冲突何时、以何种方式被定义？

在成为故事所定义的冲突之前，现实和理想主义的分歧作为一种抽象观念在第一幕的结尾出现过。就这一点看来，我们见过的世界（"真实"的世界）是充满不安和敌意的，好人竭尽所能在一个分崩离析的世界中取得宁静。和这个世界截然相反，在香格里拉里，冲突完全不存在，所有的公民都能自由地追求理想中的自我。但这两个世界并非实际上彼此敌对。显然，它们不过是一枚硬币的两面而已。事实上，这里的确有冲突。然而可惜的是，用它却没搞出符合戏剧本质的东西来。

不归点是什么？

当乔治最终使康威认识到，完美的"幻觉"是香格里拉强加给他的时候，不归点到来了。真实世界和香格里拉的抽象对立总算被公开了，一个选择放在康威面前：是选择现实中潜在的致命确定性，还是选择也许是"幻觉"的幸福？他选择了现实，和乔治一起离开了香格里拉。他想通了，一个真实而有缺陷的世界好过一个完美但仅仅存在于想象中的世界。

冲突如何解决？

一旦离开了香格里拉，康威就看到玛丽亚在自己面前变老死去。他得到了确凿证据，说明"完美是真实的"。他现在明白，完美完全可能……可惜他却抛弃了它。于是，他牺牲了一切，甚至差一点丧命，经过在群山中艰苦漫长的跋涉，最终返回了香格里拉——理想主义胜利了。这是一个典型的乌托邦式的"卡普里斯金"结局。尾声暗示，如果我们愿意牺牲，愿意把自己交给更美好的天性，我们就能达到极乐的境界。这观点太过天真，不过，卡普拉的影片却由于其中赏心悦目的画面而被全世界钟爱。实际上，由于缺乏强有力的叙事冲突，《失落的地平线》绝对更适于被看作乌托邦式的宣传而非戏剧。

下面，我将对康威进行分析，以便说明为何拙劣的人物塑造经常是一个有缺陷的冲突中不可缺少的因素。

人物分析：罗伯特·康威

人物需要什么？

这是我们首先要问的问题，它使我们立刻发现了《失落的地平线》中另一个毛病。纵观全片，我们对主要人物追求的东西（如果有的话）一无所知。早先的时候，康威似乎对外交官生活感到很满意。他虽然知道国际政治就是个时赢时输的职业，但已经在这行里摸爬滚打多年了。看起来，他什么也不需要，所以作为一个人物，他立刻就无处可去。后来，他在香格里拉恋爱了，并且意识到自己已经找到了乌托邦。这时他有了明确的目标：在香格里拉平和而幸福地度过（漫长）的人生。然而，这一觉醒直到第二幕很晚的时候才发生。主人公在故事如此靠后的地方才才找到目标，这真是糟透了。

另一个问题是，实现这一目标并不需要冒险。从康威的角度来说，实际上连行动都不需要。为了让自己幸福，他只要待在原地就行——而这会使故事停滞不前，所以里斯金被迫让乔治劝说康威离开，完全不顾康威弃香格里拉而去的行为和剧本试图为他建立的唯一目标恰好抵触。然而即使康威没离开香格里拉，他也干不了什么，故事将会彻底终止。因此，为了使故事继续前进，人物的行为逻辑就被牺牲了。

在他的进程中有什么障碍？

如前所示，什么也没有。影片中前半部分，康威没有清晰的目标，所以无论他遇到什么障碍，都不能阻止他获得某种特定的东西。即使康威和最高喇嘛谈过，并且意识到自己希望分享香格里拉的乌托邦理念后，仍然没有任何障碍出现。这是由于，当他意识到他要什么的时候，他已经获得了。他来到了香格里拉，并且感到舒适而幸福；他爱松德拉，后者也爱他。这是个完美的世界，无论他的外交努力多么崇高，也无法创造这么一个世界。他没有遇到实际的障碍就获得了一切，他要做的只是维持原状。

当然，一旦康威选择离开香格里拉，他的障碍就急剧增加。崇山峻岭、风雪交加都阻碍他返回这座魔力之城。当获救并讲出了自己的经历后，他毫不意外地被关进了疯人院。他不断地辗转在各种疗养院和监狱中，不断试图逃跑。为了返回香格里拉，他被迫偷了一辆车。当然，躲开了当权者后，他还得翻山越岭才能回去。[1]

诚然，这些障碍都令人望而却步。但我们却很难同情康威——他的目标早就实现过了。假如留在香格里拉，他根本用不着应付这些麻烦。在成功的故事里，人物是自主选择进入一个冲突，而非被迫进入的。这种策略总是以一个清晰的、人物尚未完成的目标开始的。而康威则相反，他本来已经牢牢握住了大好机会，却因为他弟弟突然的情感爆发而将其抛之脑后了。这几乎就是某种罗杰·伊伯特[2]所说的"白痴情节"，影片的整个故

---

[1] 关于这些事，我们更多是在绅士俱乐部里，从那些不动感情的朋友口中听到的。
[2] Roger Ebert，1942—2013，美国影评人，第一位因影评而获奖的普利策奖得主，其文结集成《在黑暗中醒来》（*Awake in the Dark*）、《伟大的电影》（*The Great Movies*）等书。——译者注

事在五分钟内就能得到解决……如果片中的人物不是白痴的话。

这些障碍是否迫使他作出选择？

康威的幸福只有当他决定和乔治一起离开香格里拉时才受到威胁。这是一个糟糕的决定，它颠覆了他先前的选择，并且直接导致他无法实现自己最大的愿望（我极力强调过，这个愿望其实是康威已经实现过的）。于是，当康威来到山中并失去了他的兄弟（就是此人劝说康威放弃梦想）后，他不顾一切，不畏艰险地试图重拾先前的欢乐。这是他唯一能作的选择：回到香格里拉，重新拥抱被他曾经莫名其妙自愿放弃的魔力。

在克服障碍的过程中，他的内在生活是否得到揭示？

还是什么也没有。除了意识到香格里拉就是已经成真的梦想外，康威基本上没有别的内在生活。他把感情揣在袖子里，唯一的驱动力就是对乌托邦的渴望。而他离开香格里拉的理由也是模糊的，除了被误导的、对兄弟的忠诚之外，什么也没有。当他意识到自己犯了错时，所有的内在冲突、怀疑、神经质都消失了，只剩下一个压倒一切的清晰目标：回到香格里拉，宁死不惜。情境使主人公变得索然无味，人物仅仅作为作者理念和观点的传声筒而存在。在寓言中，这种刻画方式相当常见。

他在第一幕中是否进入冲突？

正如我们前面说明的，《失落的地平线》的主要冲突——"现实对幻觉"是思想上的。直到第二幕结束，这一差异并未实际影响到康威。他进入香格里拉的事实不过把理想和现实的对立带进了他的经验范围而已。因此可以说，康威只是由于来到香格里拉才进入了《失落的地平线》的中心冲突。然而无论是他还是我们，都不会把这次到达看作与影片中冲突的首次碰面。

他在第二幕中是否被迫改变？

直到这一幕最后才改变。实际上，香格里拉非但没有把康威置于紧张和悬疑的情境中，反而让他怡然自得了。他变成了一个浪漫的空想家。他不需要压力就自愿地接纳了新的人格，并且陷入温柔乡里做起了美梦。直到被乔治哄骗着离开香格里拉，某种转变才被强加给康威。他是被人要求离弃美满的新生活，返回"现实"中的，根本没有考虑自己可能付出的代价。

他在第三幕中是否完成了转变？

他更像是变回去了。在山中迷路后，康威看到了玛丽的衰老和死亡，以及兄弟为此而自杀。他这才意识到自己是多么傻。浪漫的理想主义又冲了回来，再一次占据了他，永远地占据了他（我们姑且假设如此）。从此以后，康威所想的只是回到香格里拉。在那里，空想家非但不被当成怪人，反而被当作常人。

显然，《失落的地平线》因严重的结构和人物问题而受害。尽管这部影片出自那个时代最具才能和名气的电影人之手，但对我们而言，它却是一个反例。毕竟，20世纪30年代好莱坞最著名的编剧也在这里失手了。如果我们不接受教训的话，也许有一天，我们自己的作品也会被其他的书当成"别这么干"的例子。

习题：《失落的地平线》

1.作为一个编剧，你如何去修补《失落的地平线》基本上是"破碎"的结构呢？你如何把一个行动和人物驱动的冲突当作故事引擎装进第一幕，使之变得不那么抽象呢？在第二幕，这一冲突将如何构建，不归点将是什么？在故事的结尾，冲突将如何解决？简要概括这一冲突如何划分出你的三幕结构？

第一幕中，冲突的定义：＿＿＿＿＿＿＿＿＿＿＿＿＿＿＿＿＿

＿＿＿＿＿＿＿＿＿＿＿＿＿＿＿＿＿＿＿＿＿＿＿＿＿＿＿＿＿＿＿＿＿＿

第二幕中，冲突的构建以及不归点：＿＿＿＿＿＿＿＿＿＿＿

第三幕中，冲突的解决：_____

精神病患者

Psycho

1960 年，109 分钟

编剧：约瑟夫·斯蒂法诺（Joseph Stefano）；根据罗伯特·布洛赫（Robert Bloch）的小说改编[①]

你们也许已经猜到，《精神病患者》就是我在先前的若干分析中提到的那个剧本。它是一个打破规则但却奏效的剧本。

采用其他人不断试图复制的结构套路通常不会取得同样的成功，于是阿尔弗雷德·希区柯克和他的编剧约瑟夫·斯蒂法诺就把叙事的惯常形态扔进了地狱。在故事的中段，主人公——观众的关注点——我们的女主角被残杀了，如同一只挡风玻璃上的虫子。接着，影片把焦点转向了我们唯一了解的人物——杀手！而这居然奏效了！《精神病患者》挫败了我们的一切期待，牵着我们鼻子走进了令人肾上腺素飙升的惊骇中，在观看者能够再次沐浴在平静中之前，时间飞一般地溜走了。

那么，我们就来看看这部本来不该奏效的剧本如何奏效的。

[①]《精神病患者》一个被人忽略的来源是威廉·福克纳的小说《献给艾米莉的玫瑰》（*A Rose for Emily*）。尽管情节不同，当看到床垫上尸体深深的印痕，很难不带着对艾米莉小姐的联想离开贝茨太太的卧室。

分析：人物和情境

人物是谁？

艾森豪威尔执政时期的美国人是烦恼而疏离的，他们总是试图让自己幸福（但多数失败了）。很明显，他们都是玛丽安·克莱恩。这是一个银行女职员，绝望的盗窃促使她踏入了险恶的路途，最终迎来噩梦般的宿命。玛丽安的未婚夫山姆、姐姐莱拉、顽强的侦探阿伯加斯特、诺曼·贝茨——怯懦而不善交际的汽车旅馆看门人。一座房子俯瞰着这与世隔绝的旅馆，贝茨和他那可怕而专横的母亲就住在房子里面——或者说，我们以为如此。

冲突是什么？

冲突1：好的玛丽安对"坏"的玛丽安。玛丽安由于从她供职的银行盗取了四万美元而陷入良心的挣扎。当她驾车离开城镇时，她看到了她的老板，这把她吓得手足无措。当她拿了钱之后，她怀疑每一个试图和她说话的人，脑海中刺耳的谴责声一路跟着她进了贝茨的汽车旅馆。最终，玛丽安解决了内在的危机，但在她尚未把这一解决付诸实施，就遭遇了残酷的结局。

冲突2：山姆、莱拉、阿伯加斯特对诺曼。影片中人物之间的外在冲突主要是围绕诺曼·贝茨的。他绝望地试图向世人掩饰母亲的罪行，而山姆、莱拉和阿伯加斯特却（正确地）怀疑他涉嫌玛丽安的失踪并且不惜代价拆穿他的谎言。议题：诺曼·贝茨能否帮助其母摆脱谋杀嫌疑，抑或山姆、莱拉和阿伯加斯特能否揭露贝茨太太的罪行？

冲突3：危机中的国家。正如《李尔王》一样，《精神病患者》中的人物被根本上有缺陷的世界所支配。诚实的、努力工作的人们连休息的时间都没有（玛丽安和诺曼，某种程度上都是经济环境的牺牲品），正派的生活得不到报偿，本该抚育子女的母亲变成了怪物。当然，通过玛丽安和诺曼，影片暗示人们绝非表面上那样，而是内心深处都潜伏着犯罪冲动。《精神病患者》告诉我们，任何人只要被逼得够狠，什么事都干得出来。在影片中，这一冲突不太"活跃"，更多是环境性的，但令人不安的场面调度使影片中的血腥行为成为可能。

冲突4：诺曼对"贝茨太太"。这是影片的中心冲突——强烈的内心斗争折磨着诺曼，最终驱使他犯下谋杀。幼稚而敏感的诺曼被迫和控制他心灵的"母亲"开战，他那破碎的心智表明，这个女人在生活中无情地支配着他，即使杀了她也无法终结她那苛刻的控制。希区柯克和斯蒂法诺把母亲的人格描绘得如此生动，以至于我们有时必须提醒我们自己，这一冲突完全存在于诺曼分裂的心灵中，而非两个彼此分离的人物之间。议题：哪一个人格最终将控制诺曼·贝茨？

冲突何时、以何种方式被定义？

《精神病患者》的第一幕以建立诺曼和母亲的冲突而终结。这是一场结构上的赌博，比影片中无数的视觉和风格技巧都要冒险。斯蒂法诺的剧本给《精神病患者》提供了一个所谓的"假第一幕"[①]，使我们追随玛丽安·克莱恩逃避法律的故事，然后在贝茨旅馆的淋浴中，又把我们脚下的防滑橡胶垫子径直扯了出去。

第一幕使用了所有能想到的诡计误导我们认为，我们在看的并不是讲述精神错乱的杀手的故事。诺曼——他的内在冲突和由此导致的谋杀驱动着《精神病患者》——在影片前半小时甚至都没有出现在银幕上。相反，我们先遇到了玛丽安，知道了她苦恋着离婚的山姆，并由于财务上的窘境而无法与之结婚。（冲突3从第一个场景就达到高潮，并且延续在整部影片中。人物始终都在与支配着他们的有缺陷的世界抗争，但正如在《李尔王》中，他们从未占得上风。）当玛丽安盗取了雇主的钱财并逃离城镇时，我们追随着她，冲突1在这里被推向高点（影片的第14分钟，放映时间的

[①] 当我们观看这部影片时，已经知道将会发生什么，然而在1960年，很少有观众在第一次看时就想到。

13%）。此时，我们已经完全投入到她身上，当她一路上面对可疑的陌生人时，我们听到她由于被内疚折磨而想象出来的、由爱她的人和同事们发出的谴责声。我们的兴趣和情感全部投入到玛丽安和她为自己挖下的大坑中。于是，我们被彻底戏弄了，相信她才是影片的主要人物。此时（第 26 分钟，24%），她把车停在了贝茨旅馆门前。

诺曼入场了，这是一个立刻引起我们兴趣的人物。我们和玛丽安一起听到诺曼悲苦地和母亲争吵。当他谈起他孤独的生活，谈起他和精神不正常的母亲很难相处，并且徒劳地试图逃离[①]时，我们会同情他，正如先前同情玛丽安一样。我们顷刻之间就会猜想，这两个深陷麻烦却又颇具魅力的人物会不会牵扯到一起。我们甚至猜想到了诺曼从小洞中偷看玛丽安的窥视视点。然而，无论诺曼如何引人入胜，他甚至在影片的前 30 分钟不曾出现过。因此，我们作为影片观看者的本能，我们由于了解过往一切影片的规则而形成的潜意识，都告诉我们玛丽安一定是《精神病患者》的主人公。然而，富有洞察力的观看者也许会注意到，在影片的片头字幕中，安东尼·帕金斯（Anthony Perkins）位列最前；而珍妮特·利（Janet Leigh，饰演玛丽安），影片中最大的明星，目前为止占据最多银幕时间的演员，却列在最后。

尽管如此，到目前为止，一切都意味着这部影片讲述的是玛丽安·克莱恩、她的盗窃和逃跑。但是，罗伯特·布洛赫的原著小说却首先介绍了诺曼和他的母亲，早于我们遇到玛丽安。因此在书中，这就意味着诺曼也许才是这个故事的主要人物。而希区柯克和斯蒂法诺则更加大胆。他们使我们相信诺曼不过是玛丽安在旅途中经过的一段有趣的小弯路。当玛丽安在贝茨旅馆的房间里沉思，决定把钱归还并承担后果时，这段旅途似乎要比预想中的更快结束。冲突 1 解决了：玛丽安人格中好的一面胜出。

接着，影片的第 47 分钟（43%），我们关于玛丽安在故事中占据首要位置的幻觉和传统的故事结构一起被颠覆了——母亲扯下玛丽安的浴

[①] 诺曼的对话（由斯蒂法诺撰写，安东尼·帕金斯表演）极为传神地表现了局促不安。任何一本书都无法教会你如何去写那样的对话。

帘，把这个无助的女人刺成了血淋淋的碎片。在后现代主义的时代，当诸如《低俗小说》和《记忆碎片》（*Memento*，2000）等影片仍旧重复玩着结构的游戏时，更让人不禁想到，《精神病患者》在20世纪60年代展现的大胆创新、离经叛道又该是多么艰难。被模式化的好莱坞叙事喂养长大的人们震惊地看到，在影片还不到一半的时候，一个疯子竟然拿着屠刀杀死了"主要人物"。关于电影叙事规则，他们所理解的一切都在淋浴中和玛丽安一起死去了。当希区柯克把她杀掉后，他差一点失去了我们，然而在很短时间内，他天才地重新俘获了我们的兴趣——他让我们去看诺曼，片中仅剩的一个我们为之同情的人物，被迫去处理他母亲血腥罪行的后果。于是，《精神病患者》真正的中心冲突，诺曼和母亲之间致命的关系，这才浮出水面。①

不归点是什么？

为了聚焦我们在玛丽安被杀后陷入混乱的注意力，希区柯克和斯蒂法诺迅速把调查玛丽安失踪置于前景。山姆和玛丽安的姐姐莱拉在追踪她，阿伯加斯特也参与进了案件——玛丽安的老板雇他来查明钱的去向。但还不等他发现秘密，贝茨太太就把他送上了天堂。这是银幕上的第二起谋杀。尽管这一事件是故事的一个自然节点，看起来也很像不归点，但它其实不是。毕竟，我们早就知道贝茨太太是凶手，那么杀死侦探并不能改变我们对她和诺曼的认识，而且它没有把冲突2提升到攸关的境地。他们又能怎样呢？把贝茨太太两次关进毒气室吗？

直到山姆和莱拉在阿伯加斯特死后造访了当地的警长，我们才了解到，贝茨家的环境比表面上更加古怪。执法官告诉他们，贝茨太太在一场恶心

---

① 无可否认，这在写作上真是个巨大的成就。然而，这个故事之所以奏效，原因之一无疑是安东尼·帕金斯的存在。由于这一形象，他一生中都在饰演类似的角色。不过，在后来的一次采访中，他却说这一角色太好了，尽管他知道这可能限制他的戏路，他也不能不接。这并不是一个光明的人物，也并不总能被人认识，但人们却正如通常对受害者那样，对诺曼怀有非常深的感情。因此，他才是核心。对电影编剧而言，这是很好的一课：如果你要杀掉一个珍妮特·利，你最好确定有一个安东尼·帕金斯能接替她站在聚光灯下。

的罪行中去世，至今已十年之久。这使得山姆大惑不解，他确信自己在旅馆上面的房子窗前看到了一个老妇人的身影。"唔，如果那个女人是贝茨太太，"警长问道，"那么埋在绿地公墓的那个人又是谁呢？"（第84分钟，77%）。现在，人物知道了贝茨家存在着某种黑白颠倒的东西。他们决心不惜一切代价，打破砂锅问到底。这一解决巧妙地把冲突2和冲突4同时带到了不归点上。山姆和莱拉前去面对杀死玛丽安的凶手——正如我们毛骨悚然地意识到的——诺曼·贝茨。

冲突如何解决？

　　山姆回到贝茨旅馆，吸引了诺曼的注意力。与此同时，莱拉来到房子里四下窥探。我们得以尽览贝茨太太那维多利亚风格的豪华卧房，它与诺曼在旅馆里的那间可悲的小破屋形成了鲜明反差。这就像一场旅程，一直深入到激烈交锋中的诺曼心灵。这些房间已经暗示了两种人格的斗争就发生在这座房子中，并且将得到最终的解决。最后，莱拉在地窖里看到了贝茨太太被保存已久的可怖尸体……此时，"母亲"挥舞着刀子冲了进来，而这正是易装成老妇人的诺曼。从"她"的口中发出了非人的尖锐叫喊。这赤裸裸地说明，诺曼的那一部分已经荡然无存。影片的中心冲突，诺曼的两种人格间的冲突已经分出了胜负，贝茨太太将她那饱受困扰的儿子彻底抹除了。

　　《精神病患者》结束在一个很长的场景里。在这里，一个精神病学家解释了诺曼的痴呆本质、他母亲的罪恶以及她的人格如何压倒了他本身的人格。某种程度上，这一场景是很无必要的。那两间卧室，以及当假发落在地上时诺曼呲牙咧嘴的表情已经足以让我们了解在那座房子里曾经发生过怎样的恐怖。然而，以这样的场景结尾却着实不错，我们由此得以舒缓压力，回到现实中来。不妨就把这一场景当作最终对决的惊骇过后，如释重负地长出了一口气吧。

习题:《精神病患者》

1.《精神病患者》以大胆地使用了"假第一幕"而闻名,它哄骗我们认为影片是关于另一个主题的,然后在第一幕落幕时,从我们脚下抽走了叙事的垫子。你能想到其他也使用了假第一幕的片子吗?从中选出两部,其中一部中,这种结构上的调包计奏效了,而另一部则分崩离析。阐述其中假第一幕的实质,第一幕落幕时发生了何种逆转,为何在第一部中这一诡计奏效了,而第二部的叙事却陷于平淡。

影片 1_____

假第一幕_____

_____

第一幕落幕时的逆转_____

_____

它为何奏效_____

_____

影片 2_____

假第一幕_____

_____

第一幕落幕时的逆转_____

_____

它为何失效_____

_____

热情似火

Some Like It Hot
1959 年，121 分钟
编剧：比利·怀尔德（Billy Wilder）、I·A·L·戴蒙德（I. A. L. Diamond）；根据德国电影《爱的号角》（*Fanfaren der Liebe*，1951）改编；原片编剧：罗伯特·索伦（Robert Thoeren）、迈克尔·洛根（Michael Logan）

喜剧是一种极难分析的叙事形式，这是由于，它固有的颠覆性本质使对规则的戏弄几乎成为必然。情节和结构经常要让位于笑料。在观念上，如果影片能让你笑，那它的任务就完成了，即使其故事不那么严谨。喜剧几乎是唯一一种在结构杂乱甚至没有情节的情况下影片依然能够奏效的类型，但前提是玩笑要足够好笑。

然而，有些喜剧却能在讲述一个可信故事的同时，还能令你捧腹不止，例如著名的《热情似火》。美国电影学院就曾将其选作迄今为止最好笑的喜剧。

分析：人物和情境

人物是谁？

杰瑞和乔（很快就变成了"达芙妮"和"约瑟芬"），大萧条时期被黑帮追捕的两个爵士乐手；一个全女子爵士乐团，其头牌是美貌的蜜糖·凯恩；各色黑帮人物、演出从业者，以及一群纵酒的老百万富翁。

冲突是什么？

《热情似火》被若干冲突驱动，其中两个是外在的、驱动人物关系的，一个是内在的、存在于其中一个主要人物内心的。

冲突1：杰瑞、乔对黑帮。这一配对是影片最明显的对抗性冲突，它让整个叙事滚动起来。芝加哥爵士乐手杰瑞和乔无意间目击了情人节大屠杀（在影片中，这场屠杀不是阿尔·卡彭[①]而是虚构的匪徒、绰号"鞋套"的科伦坡发动的），因害怕灭口而被迫逃亡。为了躲避"鞋套"，他们易装成女人，在一个全女子乐团里担任贝司手和萨克斯手，并跟随乐团前往遥远的迈阿密，到一家旅馆中演出。这便促成了故事中其他的一切：乔和蜜糖的恋爱，扮成达芙妮的杰瑞和酒鬼百万富翁奥斯伍德调情，如此等等。《热情似火》首先是一部浪漫闹剧，但假如没有第一幕中的暴徒，乔和杰瑞根本不会穿上裙子，更别说离开此地了。议题：杰瑞和乔如何保住自己的性命？

冲突2：如何嫁给百万富翁。"姑娘"们一到迈阿密，故事便回旋在几个人物的各种企图之间，他们要么试图钓上金龟婿，要么自己装成潜在的金龟婿。在这种进取心中，充满了纠葛和激增的讽刺。蜜糖对乐手毫无抵抗力（特别是乔这样多情的萨克斯手）却往往因此自伤，这驱使她转而寻求一个害羞的、戴眼镜的百万富翁作为爱情伴侣。乔为了赢得蜜糖的芳心，偷了套游艇服，冒充成阔绰的石油大亨之子"壳牌二世"。与此同时，"达芙妮"却不情愿地陷入了和奥斯伍德的约会。这个老酒鬼向他求婚并许诺给予他从来未敢奢望的优越生活……这自然是有代价的。于是，他举棋不定了。这些关系中的核心障碍，自然是恋爱双方中的一个犯下了欺骗

[①] Al Capone，1899—1947，美国历史上最著名的黑帮人物，号称"芝加哥之王"，曾被众多影视作品直接或间接地描写。真实的情人节大屠杀发生在1924年，当天卡彭和手下身穿警服冲进一家汽车行，打死了14个人，并由此拉开了长达10个月、导致322人毙命的黑帮大火并。影片近乎如实地再现了当时的场景。——译者注

行径。乔不是百万富翁，而"达芙妮"当然也不是淑女。议题：性别的战争，无论他们究竟是何种性别。

冲突 3：乔对他自己。在杂技般的情节纠葛之外，乔这一人物使《热情似火》拥有了一个坚实的内在冲突。我们初识他时，他不过是一个司空见惯的登徒子，为了达到目的，满口甜言蜜语，把女人玩弄于股掌之中。然而后来，他被迫伪装成的人，恰好正是他自己低俗行为的典型受害者，他也由此得以近距离地审视另一半人是怎么生活、思考和感受的。他本来打算假扮"壳牌二世"征服蜜糖，但作为"约瑟芬"，他又被迫去充当蜜糖的爱情顾问，而后者从未怀疑这个富二代和她的新闺蜜竟是同一人。此时，乔的内在斗争被发动了。

冲突何时、以何种方式被定义？

《热情似火》以警察突袭"鞋套"科伦坡的地下酒吧开场，杰瑞和乔正在那里当乐手。由于警察的缘故，这对伙伴丢了工作。他们造访了一家知名的演出经纪所，得知目前唯一能找到的工作是在一个即将去迈阿密旅馆演出的全女子乐队中担任贝司手和萨克斯手。杰瑞为了演出考虑易装成女人，而乔则厌恶地驳斥了这个主意，这证明了他在女人方面有些问题，而这就驱动了冲突 3。这一冲突从一开始就很活跃，例如乔对地下酒吧的舞女们目送秋波，例如他向经纪人内莉许下浪漫的诺言（在故事开始前，他已经在约会时放过她一次鸽子），只为了能借她的汽车出城演出。简而言之，一旦涉及到女人，乔并不是什么"好东西"。他是个无赖，只是教训还没学够而已。

两个小伙子本来只是去当地的车库取内莉的车，不料却径直闯进了情人节大屠杀。他们毫发无损地逃脱了，只有杰瑞的贝司上被子弹打了几个洞。冲突 1 以一场不折不扣的大爆炸开始了（影片的第 23 分钟，放映时间的 19%）——他们先前的雇主现在要他们脑袋搬家。局面看起来相当糟糕，直到乔有了一个绝妙的想法。他尖着嗓子学女声致电给经纪所，询问那个全女子乐队的职位还有无空缺。接下来，我们就看到杰瑞和乔全副女装，跟跟跄跄地走上了火车站台上，他们将化名"达芙妮"和"约瑟芬"，前往迈阿密。①

当这两个"姑娘"跟随"甜蜜苏和她的社交乐队"踏上旅途后，他们和乐队成员们，特别是可爱的傻姑娘——主唱蜜糖·凯恩（原名蜜糖·科瓦尔齐克）结识了。火车上，在秘密的深夜畅饮派对中，蜜糖向"约瑟芬"讲述了她的烦恼——她总是出于男人的缘故不断更换乐队。对乔这样的吹萨克斯的小伙子，她毫无抵抗力。于是，她希望到达迈阿密后，能找到一个真正爱她并愿意照顾她生活的、害羞而安静的百万富翁。当乔得知他的露水情缘就像"棒棒糖粗糙的那一头"时，乔的内在冲突得以建立了（影片的第 44 分钟，放映时间的 36%）。这段对话标志着，从此刻起，他意识到必须面对关于自身的残酷真相。这同时也建立起了冲突 2：姑娘们寻找温柔而富有的丈夫。与蜜糖试图钓上金龟婿互为映照的是达芙妮与阔绰的老酒鬼奥斯伍德·菲尔丁三世之间如同莎士比亚的滑稽戏一般的关系。他们初识在迈阿密旅馆中，奥斯伍德帮助达芙妮捡起掉下的高跟鞋，顺便挠了挠"她"的脚踝，在电梯里还捏了"她"一把（第 55 分钟，41%）。

不归点是什么？

当姑娘们在迈阿密演出时，各种浪漫的次情节在故事中缠绕起来。乔从乐队领队那里盗取了一件游艇服，伪装成"壳牌二世"向蜜糖搭讪。这个女歌手欢天喜地，却根本没想到此人是个冒牌货。他既不富有，也没有游艇（奥斯伍德和达芙妮约会时，乔盗取了他的游艇，这足够他用一整晚）；他既不像（为了获取蜜糖的吻）表面宣称的那样性无能，也不需要那副他不住炫耀的眼镜。②当冲突 2 深化时，冲突 3 似乎倒退了：乔又故态复萌，

---

① 乔本来想取名"杰拉尔丁"，但最后一刻改了主意。总的说来，杰瑞比大男子主义的乔更容易扮成女人。事实上，在影片剩余的部分中，杰克·莱蒙（Jack Lemmon）几乎一直穿着女装。
② 但他说话却不像加里·格兰特（Cary Grant），托尼·柯蒂斯（Tony Curtis）的声音使他作为壳牌二世说出来的一切都更加有趣。

他向蜜糖撒谎，玩弄她的感情。但是，这一行为却跟更先前的很多次有所不同。乔真的爱上了这个女人，而这正是由于，在约瑟芬的伪装下，他听到了蜜糖关于恋情的私密感想。一件前所未有的事发生了：他正在把他潜在的战利品看作一个纯洁的人。与此同时，杰瑞和奥斯伍德的约会却得到了始料未及的好处。"达芙妮"面对老酒鬼的求婚，盘算着在结婚并拿到丰厚的分手费后再向后者说明真相，于是答应了。冲突 2 的风险至此已达沸点，鉴于恋情的欺骗性质，杰瑞和乔最终势必要么坦白真相，要么缄口不言。

不过等一下，这部电影难道不是应该讲述两个小伙子躲避黑帮追捕吗？就结构而言，《热情似火》相当大胆，它在叙事上利用了喜剧类型赋予它的自由。一旦杰瑞、乔和黑帮间的初始冲突得以建立，反派就在影片中段完全消失了，犯罪情节中生死攸关被抛到脑后，而杰瑞和乔则开始沾花惹草了。有那么一阵子，似乎他们已经凭借计谋成功地脱险了。他们不仅逃离了过往的人生，甚至可能以发家致富（对杰瑞而言）或者获得真爱（对乔而言）而收场。

然而，就在刚过 90 分钟的位置（《热情似火》稍稍长于两小时，作为一部喜剧，这在当时很不寻常，在如今倒比较常见），当一切似乎都向阳光海岸上的大团圆结局发展时，影片来了个急转弯，已经被忘掉的"鞋套"带着手下抵达旅馆，参加黑帮集会。由于被黑帮发现，杰瑞和乔意识到演出已经玩完了。达芙妮和约瑟芬的日子已经到头。在又一次生死关头，我们抵达了不归点。

冲突如何解决？

当小伙子们准备从旅馆溜走时，乔装作"壳牌二世"给蜜糖打了个电话，称自己因为石油公司的生意要离开这个国家，换句话说，要在包办婚姻中迎娶一个来自南美的石油公司女继承人。蜜糖很伤心，乔也一样，现在他知道"棒棒糖粗糙的那一头"是什么滋味了。重新穿上女装后，小伙子们准备溜之大吉。此时，"约瑟芬"听到乐队在旅馆休息厅里演奏，蜜糖在舞台上唱着《我不再恋爱》最悲伤的版本（之前我们已经听过这首歌）。冲突3以大胆的方式得以解决。乔现在完全知道女人的真实感受是什么样了，他踏上舞台对蜜糖深深一吻，告诉她不要哭泣，"为男人不值得"。（他全副女装亲吻她的行为将有趣的控诉赋予了这一时刻。）

接着，逃跑继续并使冲突1得到解决。在故事的这个地方，比利·怀尔德和他的合作编剧I·A·L·戴蒙德有点刻意编造了。杰瑞和乔藏在旅馆宴会厅的桌子下，却发现自己进退两难——此处正是黑帮聚会的场所。这时，怀尔德和戴蒙德引入了一个老匪帮头子——小波拿巴。此人存心报复"鞋套"，严厉责备后者在车库大屠杀一事上处理不当。他全然不顾"鞋套"的生日还差了好几个月，给后者送了一个巨大的生日蛋糕。蛋糕被人推向"鞋套"，一个杀手从里面跳出来，用冲锋枪扫射"鞋套"和他的手下。一片混乱中，杰瑞和乔逃出宴会厅，而枪手们在后面穷追不舍。他们冲到码头，刚好来得及赶上奥斯伍德的游艇。（之前，奥斯伍德接到电话前来援助这一逃亡，正在这里等候达芙妮。）冲突1最终解决了。

坦率地说，小波拿巴算得上某种作弊。关于此人，我们一无所知，直到他在第三幕中登场。他之所以出现在电影里，仅仅为了帮助杰瑞和乔摆脱"鞋套"。简而言之，他就是一个典型的解围之神，而这正是编剧们一直被教导要竭力避免的。他使冲突不依靠主人公本身得以解决，因而显得机巧而随意。然而除此之外，怀尔德和戴蒙德的工作做得都很好，他们让我们大笑不止，以至于我们愿意原谅这一叙事上的缺陷，而在一部纯正的犯罪惊悚片中，我们就做不到这一点。另外，我们对爱情情节的投入程度要超过跟黑帮有关的那些事，编剧们也不让我们被故事的这一方面一直捆绑到最后。杰瑞和乔上了奥斯伍德等在岸边的摆渡艇。最后一刻，蜜糖赶了上来。乔坦白了一切并且劝告她离开自己，越快越好。高跟鞋的教育完成了，乔终于愿意不顾自身的满足，首先考虑女人的幸福。当然，蜜糖一点没听进去，她心醉神迷地倒进了乔的怀抱里。冲突2对蜜糖而言解决了，她得到了她的百万富翁，即使他根本不是。与此同时，杰瑞却拿出各种不能结婚的理由，拼命劝阻奥斯伍德。而奥斯伍德竟无一理睬。最后，杰瑞只能扯下假发，把一个无可辩驳的事实放在他面前——自己本是男人。而奥斯伍德，好吧，他却比你我更坦然地接受了这个消息。冲突2对达芙妮而言也解决了，她也得到了她的百万富翁，只可惜她不是达芙妮。

尽管《热情似火》是一部不无瑕疵（指小波拿巴）的影片，但它却仍然优于任何时代的好莱坞喜剧。不过，假如怀尔德和戴蒙德能让球再滚动一点，使他们的故事以恰当而滑稽的方式收场呢？好吧……

没有人是完美的。

习题：《热情似火》

1.《热情似火》在叙事上做了一次赌博，它把主要冲突的解决交给了"解围之神"。举出另两部以"解围之神"解决冲突的影片，其中一部解决奏效了，而另一部的结局在叙事上是不能令人满意的。概括"解围之神"的用法，以及它们在各自的影片中奏效或失效的原因。

影片1_____

解围之神_____

_____

它如何解决冲突_____

_____

它为何奏效_____

_____

影片2_____

解围之神_____

_____

它如何解决冲突_____

它为何失效

那么，这些分析证明了什么？

我们已经举例说明，动态结构的原则，在各种风格和类型的影片中都能奏效。在电影史中，它无处不在。事实上，早在电影出现之前，这些原则就已经被证明是有效的，例如莎士比亚的《李尔王》和易卜生的《玩偶之家》就符合这些结构准则。而《卧虎藏龙》则显示出，这些叙事概念不只适用于西方叙事，也可以被运用到其他民族和文化的故事中。我们看到了当一个故事在冲突和人物上都出现失误时会发生什么（《失落的地平线》），也展示了当编剧确实知道自己在干什么的时候，一个剧本可以戏弄结构的规则（《精神病患者》）。通过《天外魔花》，我们概括了一个建立在张力逐步升级的时刻上的结构体系（在第10章中，我们会更加细致地探讨）。我们还展示了，一个剧本虽然表面上似乎是一张由暧昧不清的人物和冲突纠缠而成的网，却能带给人满意的银幕体验（《阿拉伯的劳伦斯》）。在《阿呆和阿瓜》中，我们还证明，近二十年来的票房结果不能说明问题，有时候是观众使一个剧本结构糟糕的电影取得了成功。

除了从上述分析得到主要经验外，还有一些小经验：

- 动态结构作为结构剧本的体系而奏效。
- 这一体系不是一成不变的。你可以打破规则，创造出杰作，但是……
- 你最好真的了解你的材料。正如人们常说的，当你有效地打破规则前，必须了解规则。
- 遵循规则不等于没有创造力。我们这里分析的所有影片都符合动态结构，但各自的方式却都独特、有趣。你的剧本同样有理由独特、有趣。

第8章　自己动手分析剧本
用你自己的话说说看

当我开始写作前，我要确信整个故事是奏效的。

——汤姆·舒尔曼[①]

本章对你而言是一个机会。在这里，你可以把我们在上一章讨论过的剧本分析原则运用到你自己选择的剧本中。你尽可以把下面的书页抄下来，对任何你喜欢的剧本进行动态结构分析。我建议，你不妨把一些结构糟糕的剧本也放进去。毕竟，你并不真正知道什么能奏效，除非你知道什么不能奏效。

此外，我也建议你把你自己的一些剧本放进这一公式中。对初级和中级编剧而言，这一练习可能会是一个很有价值的工具，使你得以分析作品中潜在的弱点。而高级编剧则会发现，这一练习有助于你确信自己的工作完成得足够好……或者有助于发现过去和目前未曾意识到的东西。（嘿，连罗伯特·里斯金都出过问题呢……）

[①] Tom Schulman，生于1950年，美国编剧，曾因《死亡诗社》（*Dead Poets Society*，1989）获奥斯卡最佳剧本奖。——译者注

习题：把动态结构运用到故事中

剧本标题_____
_____

剧本类型_____
_____

人物是谁？_____
_____

冲突是什么？

冲突1_____
_____

冲突2_____
_____

冲突3_____
_____

冲突4_____
_____

冲突何时、以何种方式被定义？

冲突1_____
_____

冲突2_____
_____

冲突3_____
_____

冲突4_____
_____

不归点是什么?

冲突 1_____
_____

冲突 2_____
_____

冲突 3_____
_____

冲突 4_____
_____

冲突如何解决?

冲突 1_____
_____

冲突 2_____
_____

冲突 3_____
_____

冲突 4_____
_____

习题：把动态结构运用到人物中

1. 英雄要什么？
2. 在他或她的道路中有没有障碍？
3. 在克服那些障碍的过程中，他或她的内在生活有没有得到揭示？
4. 他或她在第一幕中是否进入冲突？
5. 他或她在第二幕中是否被迫改变？
6. 他或她在第三幕中是否发生改变？

第 9 章　故事类别
看你如何使用它

人们想看有娱乐性的电影，它是何种类型倒是无关紧要。

——马修·沃恩[1]

故事有多种类别。我这里用的类别（type）一词，并不是指类型（genre）。类型是一种标签，通常而言，它与故事的外在之物的关联多于它给予观看者的情感和叙事效果。例如，如果一部影片出现了枪战、马匹、宽边高顶帽，那你正在观看的肯定是一部西部片。但它又属于西部片中的哪个类别呢？《日落黄沙》（The Wild Bunch，1969）和《灼热的马鞍》（Blazing Saddles，1974）或多或少都可以归入西部片类型，但我认为，即使一个漫不经心的观看者也不会把它们搞混。而类别更多的是关于故事在既定的类型中通过人物和主题所表达出的叙事要点。

以下是四种常见的故事类别：

---

[1] Matthew Vaughn，英国制片人、导演、编剧，曾经制作《两杆大烟枪》（Lock, Stock and Two Smoking Barrels，1998）、《偷拐抢骗》（Snatch，2000）、导演《夹心蛋糕》（Layer Cake，2004）、《星尘》（Stardust，2007）、《海扁王》（Kick-Ass，2010）等影片。——译者注

戏剧

广义上，戏剧（drama）意味着"关于冲突的故事"。狭义上，它指的是一种故事的类别，无论其类型如何，作者都试图表现关于人类境遇的一种新的真相。在以往，人类心理不是在实验室里，而是在小说和剧场里得以研究的。伊恩·罗杰（Ian Rodger）就把小说家叫做"不拿报酬的社会学家，他们以充满灵感的猜想弥补统计证据的不足"[1]。由于戏剧对表现虚构和真实的双重需要，写一部好戏很不容易。大多数作品达不到标准，于是就变成了情节剧。

情节剧

总的说来，情节剧（melodrama）可以叫做穷人的戏剧。"情节剧式的"基本上就是"耸人听闻"的同义词。而"情节剧"就是"充满情节诡计"的故事。宝琳·凯尔[2]写道，情节剧的目的"主要是（以刺激的方式）娱乐而非教化"[3]。情节剧当然也可以表现真相，但那却是陈腐的真相，或可以称之为陈词滥调。例如，肥皂剧由于叙述中充斥着的陈词滥调，就属于情节剧。

按照安东尼·伯吉斯的说法，情节剧的情节"依赖于巧合和奇异"[4]。然而，这种设计并不仅仅在情节剧的领域内行之有效。在各种虚构作品中，有些最伟大、最受推崇的情节同样取决于机缘巧合。伯吉斯和其他学者也许不会承认，精心选择的奇异经常能够创造极端的情景，使"高级戏剧"通过揭示发挥出它的力量。作为作家，你的目标之一就是永远把你的人物放置到一个情景里，发掘出他前所未见的行为。以《俄狄浦斯》为例：一

---

[1] 转引自罗伯特·S·保罗（Robert S. Paul）：《歇洛克·福尔摩斯出了什么事：侦探小说、流行神学和社会》（*Whatever Happened to Sherlock Holmes? Detective Fiction, Popular Theology, and Society*），卡彭戴尔，南伊利诺伊大学出版社（Carbondale, Southern Illinois University Press），1991年，第6页。
[2] Pauline Kael, 1919—2001，美国影评人。——译者注
[3] 《在电影中失去童贞：电影随笔1954至1965年》（*I Lost It at the Movies: Film Writings 1954 to 1965*），纽约，玛丽安·博雅斯出版社（New York, Marion Boyars），2007年，第324页。
[4] 引自伯吉斯对"小说"的论述，参见本书之前的注释。

个人在不知道父母身份的情况下，杀死了自己的父亲，娶了自己的母亲。再看看《灵欲春宵》，在乔治和玛莎家的晚餐上，当事态向疯狂和恐怖发展时，尼克和霍尼没有像任何正常人那样溜之大吉。这些故事以及其他很多故事，通过创造一种"假如"的叙述动机达成这种奇异性。假如尼克和霍尼留下来呢？假如俄狄浦斯在犯下这些弥天大罪时，不知道他正在毁灭自己的家庭呢？区分"高级戏剧"和情节剧的关键在于，伟大的戏剧家是有目的地、精心地选择了非现实性。凯尔写道，"戏剧与之相反，它使人敏感于人性的复杂，而情节剧则使人麻木。"[1]

悲剧

悲剧（tragedy）是戏剧的一个特殊类别，人物由于自身的人性弱点遭到厄运。在上至索福克勒斯下至莎士比亚的经典悲剧中，悲剧英雄都是一个"高贵"的人（无论其财产、出身、荣誉如何），或者是一个品行纯良的人。正如阿瑟·米勒（Arthur Miller）在《推销员之死》（*Death of a Salesman*，通常被认为是最伟大的现代悲剧）中展现的那样，高高在上的地位并非是悲剧人物的必要特性。一个像威利·洛曼那样的普通人也能成为悲剧英雄。或者说，米勒的作品也许显示出，任何人只要有梦想和欲望，就不再是普通人。无论如何不要忘记，你的悲剧既可以讲述一个国王，也可以讲述一个出租车司机。

杰克·迈尔斯（Jack Miles）写道：

经典的希腊悲剧都是同一个悲剧的不同版本。它们都把人类境遇呈现为人和非人之间的争夺，最终非人都取得了显而易见的胜利。[2]在索福克勒斯的《俄狄浦斯》中，如果情形中的任何方面有所变化，都不会导致俄狄浦斯迈向那无情的毁灭——如果他没有被遗弃在那条

---

[1] 参见宝琳·凯尔著作，第327页。
[2] 按照这一定义，《白鲸》也许可以被看作最好的美国式经典悲剧。很难想到比梅尔维尔笔下的大白鲸更非人、更不可战胜的对手了。

路上，如果他的母亲伊俄卡斯忒在他返回底比斯前就已经死去，如果这一链条中的任何一个环节断裂——那么他了解真相、了解他"悲剧性缺陷"的意愿都不会成为他的祸根。然而，早在事件发生前，这一切已经注定，他的过程和结局将不可避免。场面的净化效果成功地使人想到，所有人的人生不过是剧中呈现出的冲撞的变奏而已。索福克勒斯要求我们通过俄狄浦斯的悲伤而为自身悲伤。

哈姆莱特属于悲剧的另一类型。尽管我们在《哈姆莱特》中看到了和《俄狄浦斯王》如出一辙的情形——真相的掩盖和揭示、主人公和父母间那纠结而激烈的关系，但悲剧性的结果却似乎是可以避免的。同时，哈姆莱特的缺陷——无止境地思辨，却是存在于人物内部的，无论情形发生何种变化，它依然会是一种缺陷。我们可以看出，情形的特殊性在该剧中起到的作用与其在希腊悲剧中起到的作用是无法相提并论的。与高贵的、注定难逃劫难的俄狄浦斯和事件的钢铁链条抗争不同，哈姆莱特的冲突是人物内在的"坚定的决心"和"苍白的思考"间的冲突。[1]

阿瑟·米勒则给出了如下见解："我认为，当我们见证一个人物为了保住他的尊严而被迫放弃他的生活时，我们内心的悲剧性感情被激发了。"而悲剧，因此"就是指注定毁灭的人敢于说不，并且愿意为说不付出代价"[2]。

他们的确付出了代价，所有的悲剧英雄都是以相同的方式收场的：遭到毁灭，而且不仅仅是肉体上的。事实上，我们可以推测，如果俄狄浦斯能够挽回导致其现状的恶行，他宁愿从此盲眼下去。韦顿学院的英语教授

---

[1] 杰克·迈尔斯：《神的传记》（*God: A Biography*），纽约，复古图书（New York, Vintage），1996年，第397–398页。
[2] 维克托·戴维斯·汉森（Victor Davis Hanson）、约翰·西斯（John Heath）：《谁杀了荷马？古典教育的消亡和希腊智慧的复苏》（*Who Killed Homer? The Demise of Classical Education and the Recovery of Greek Wisdom*），纽约，自由出版社（New York, The Free Press），1998年，第271页。

李兰·瑞肯总结道,"悲剧的模式包含了六种显而易见且亘古不变的元素:困境—选择—灾祸—苦难—洞察—死亡。"①

悲剧普遍被认为是戏剧的最高形式。大多数"严肃"的作家总会写结尾不幸的故事,他们也因写出了真理而被看作是严肃的——换句话说,所有的人生都是悲剧性的。这是由于,所有的人生都是悲惨结尾的:每个人都会死。因此,所有的大团圆结局就本质而言都是未完成的结局。任何大团圆结局,都刻意中断了故事,使其停止在一个欢乐的时刻,因此可以说是黑暗前的黎明。

喜剧

喜剧(comedy)要求我们观看的是人物经受来自外界的苦难,这就是说,我们超然于人物,感受不到他们的痛苦。这种对人物困境的超然态度使喜剧区别于其他类型的故事。后者要求我们观看人物内在的困难,继而分享他们的观点,包括痛苦。关于这一点,没有比马克·吐温更权威的论述了:"幽默的秘密源于痛苦而非欢乐,天堂里是没有幽默的。"②

笑是一种迷狂而愉悦的爆发,其功能在于避邪。换言之,它能驱赶和躲避灾祸。笑否定恐惧,凭借它,我们拔掉了威胁的獠牙。(想想看,当观众们看到恐怖片中最令人毛骨悚然的瞬间时发出的貌似不合时宜的笑声吧。)如下所示,幽默经常是关于可怕的事物的。而喜剧的主题往往是那些令我们恐惧的东西。受到攻击很可怕,但无力的攻击却很可笑。当我们被震惊时,会激发出恐惧感,可一旦我们恢复了镇静,便会发笑。因此,

---

① 李兰·瑞肯(Leland Ryken):《圣经的起源》(*The Origin of the Bible*)一书中《作为文学的圣经》章节,菲利普·韦斯利·康福德(Philip Wesley Comfort)编,伊利诺伊州,卡罗尔溪,坦戴尔书屋(Carol Stream, IL, Tyndale House),2004年,第130页。
② 马克·吐温:《傻瓜威尔逊》(*Pudd'nhead Wilson's New Calendar*)。转引自《马克·吐温口中的圣经:美国讽刺大师关于伊甸园、天堂和洪水的不敬书写》(*The Bible According to Mark Twain: Irreverent Writings on Eden, Heaven and the Flood by America's Master Satirist*),霍华德·G·贝茨霍尔德(Howard G. Baetzhold)、约瑟夫·B·麦卡洛(Joseph B. McCullough)编,纽约,西蒙和舒斯特出版社(Simon and Schuster),1996年,第373页。

惊奇乃是喜剧中的一个重要元素（这也有助于理解，为什么大多数笑话第二次听就不那么好笑了）。无意义也是威胁，因此荒唐和不协调只要未能压倒我们，也是会好笑的。用伊曼努尔·康德的话来说，"笑是由于一种紧张的期待突然转变为虚无而来的激情。"①

通过认同感，戏剧将我们置于受伤害的境地。我们允许人物进入自己体内，或者使自己进入他们体内，他们的不适也就变成了我们的不适。而喜剧却把我们带到一个安全的距离，并且用亨利·柏格森（Henri Bergson）称之为"暂时性心灵麻木"②的东西将我们保护起来。亦如威尔·罗杰斯（Will Rogers）所说，"只要发生在别人身上，任何事都是好笑的。"

有趣的是，弗朗茨·卡夫卡和塞缪尔·贝克特都把自己看作幽默作家。可对我们而言，恐怖和沮丧却交织在他们的作品中。其实，他们只是试图把恐惧提升到某种极端的程度，以此去抵消它而已。由于无法逃离自己的恐慌，他们便用使之荒谬的方式把它推远了一点——只有一臂的距离。不过，我们中的大多数人却意识不到卡夫卡和贝克特作品中的滑稽本质。这是因为，滑稽与否与观众是谁息息相关。喜剧必须与观众自身的恐惧程度相匹配。生活祥和、不受威胁的人需要与之对等的幽默。如果你最害怕乱长的草坪，看到弗雷德·弗林斯通③拿着蜥蜴割草，你一定会乐不可支。

习题：**故事类别**

1. 本章辨别并解释了四种常见故事类别。选出两部影片，并在下面的空白处陈述它们通常会被认为是哪一种：戏剧、情节剧、悲剧还是喜剧？从故事中的事件、人物行为或者叙述结构特性中举出一些例证，说明你将这些影片归入所选故事类别的原因。

---

① 《判断力批判》，邓晓芒译，人民出版社，2002年，第179页。
② 《笑：论滑稽的意义》，徐继曾译，中国戏剧出版社，1980年。
③ Fred Flintstone，卡通片《摩登原始人》（The Flintstones）中的人物。——译者注

影片 1＿＿＿＿＿＿＿＿＿＿＿＿＿＿＿＿＿＿＿＿＿＿＿
＿＿＿＿＿＿＿＿＿＿＿＿＿＿＿＿＿＿＿＿＿＿＿＿

故事类别＿＿＿＿＿＿＿＿＿＿＿＿＿＿＿＿＿＿＿＿
＿＿＿＿＿＿＿＿＿＿＿＿＿＿＿＿＿＿＿＿＿＿＿＿

它为何属于这一类别？＿＿＿＿＿＿＿＿＿＿＿＿＿
＿＿＿＿＿＿＿＿＿＿＿＿＿＿＿＿＿＿＿＿＿＿＿＿

影片 2＿＿＿＿＿＿＿＿＿＿＿＿＿＿＿＿＿＿＿＿＿
＿＿＿＿＿＿＿＿＿＿＿＿＿＿＿＿＿＿＿＿＿＿＿＿

故事类别＿＿＿＿＿＿＿＿＿＿＿＿＿＿＿＿＿＿＿＿
＿＿＿＿＿＿＿＿＿＿＿＿＿＿＿＿＿＿＿＿＿＿＿＿

它为何属于这一类别？＿＿＿＿＿＿＿＿＿＿＿＿＿
＿＿＿＿＿＿＿＿＿＿＿＿＿＿＿＿＿＿＿＿＿＿＿＿

第10章 论步调、展示和转折
享乐适应的引入

> 如果人类不能像科学改变环境那样快地对环境作出新颖而独创的适应，我们的文化就会灭亡。
>
> ——卡尔·兰森·罗杰斯[1]

论步调

　　动态运动对有效的叙事而言，是不可或缺的要素。每个场景都应当自然地导致并推进下一个场景。记住亚里士多德的话："这些事件和那些事件之间的关系，是前因后果，还是仅为此先彼后，大有区别。"[2]

　　虚构类写作的教师们时常建议，无论写什么，都要把预先计划保持在最低限度。这种理念认为，你要做的只是坐在空白的纸页或电脑屏幕前，开始写作并听任它的指引。在传统的观念中，如果你这么做，每个场景都会暗示出下一个。"让人物指引他们自己的命运，"他们说，"不要像操纵木偶一样操纵他们。"这种写作方法的症结在于（除了极为罕见的、得

---

[1] Carl Ransom Rogers，1902—1987，美国心理学家。——译者注
[2]《诗学》第10章。

到神谕的情形之外），你最终将筋疲力尽，你的叙事将渐渐在一个你并不想停下的地方终止——通常在第二幕后半段。[1]到了这个地步，要想在保留大部分写过的东西的前提下挽救你的故事，你会面临极大的困难，工作量艰巨到令人心灰意冷，我们中的多数人会彻底放弃。

相反，如果你周密地安排场景并将其填入结构模型，就可以确保自己不会像前述那样山穷水尽。然而，这一做法也有其缺点，预先拟好的场景有一种糟糕的倾向，它们不会"暗示出"列表中的下一个场景。叙事的流畅不时被打断，你只能艰苦地重写每个场景使其暗示出下一个。光有好场景也是不够的，每个场景都必须推进下一个。（除非，你的目标是在故事中不断给观众提供去卫生间的机会。）如此，你的故事才能阔步前行，你的观众才能紧紧跟着你的人物。

然而，两种发展故事的方法都有其难点。这只能说明，在电影剧本写作中，想要避免繁重的工作是不可能的……如果你的目标是写一部好剧本的话。不过，即使你不在乎，工作还是会很多。这就是我讨厌写坏剧本的原因，它花费的精力和写好剧本一样多。

论展示

> 埃斯库罗斯和索福克勒斯的悲剧运用最巧妙的艺术手段，在头几场里就把剧情的全部必要线索，好像在无意中交到观众手上。这是显示了大手笔的笔触，仿佛遮掩了必然的形式，而使之作为偶然的东西流露出来。
>
> ——弗里德里希·尼采[2]

关于展示的概念，很难找到比尼采更好的描述了。基本上，展示就意

---

[1] 在叙事上你已经无处可去，但它本身又不是故事令人满意的终点，就像在亚利桑那州的本森市（Bensen）用光了钱一样。（如果你去过本森，你就明白我的意思了。）
《亚利桑那本森》也是作者的处女作《暗星号》中的主题歌。——译者注
[2]《悲剧的诞生》，周国平译，生活·读书·新知三联书店，1986年，第12章。

味着背景信息——观众为了理解你剧本中的世界以及人物关系所必须知道的事实。众所周知，展示极为难写，很多展示听起来很糟糕，与影片中的其他对话相比，它就像假耳朵一样突兀。例如，"我有没有告诉过你，由于你是我的长子，由于我们家族在舍尼克塔迪经营帆布生意，由于乌尔都斯坦盛产粗麻布，所以我们来到了曼德拉戈尔城里，不惜一切要找到著名的黄麻市场？""你是说过，但我从来都听不够。"

我从来不喜欢在有限的空间里，特别是影片的开头填满一大堆看似"必要"的信息。例如在《异形》里，在处理那艘宇宙飞船的任务时，我的展示便很棘手。我不想把飞船弄成一艘《星际迷航》(*Star Trek*)里那种典型的军用或准军用飞船。对观众而言，这太熟悉了，他们会把影片只是看作一部科幻片。为了以一种"现实"感震慑观看者，我希望向他们展现从未看过的东西：某种"老旧"的未来。我把船的模样想象成一艘货轮。于是我决定，这些人是一些勘探者，为了开采某种稀有的矿石而买了一艘二手船，来到银河系的中央。但是，当我开始写作时，我却无法找到一种自然而可信的方式，向观众解释这一点。我只是让人物谈论采矿，它的每一次出现都显得很拙劣："我们不在小行星上采矿了。我们买了自己的船，不用再跟别人分享利润，难道你不为此高兴吗？"呸！真实的人物才不会这么说话呢，我们不过是不断"提醒"彼此我们是谁以及我们行为的背景而已。我的问题就在这里。人物不是对彼此讲话，他们是对观众讲话。这听起来很虚假，因为它本来就虚假。

在这一窘境中挣扎良久后，我开始怀疑，观众是否需要知道这些东西。你可曾注意到，如果你在看电影时进场晚了，你几乎不用怎么费力就能跟上进度？你可能不知道设置，但你却能跟上动作，从这一分钟到下一分钟。如果我去看《星球大战》时迟到了半小时，我会错过一些好场景，但理解我已经看过的场景却不会有问题。我是说，它基本上讲的就是，人们在飞船之间飞来飞去进行冒险。最终，你会自己把二和二加起来的。而与此同时，你的一无所知却丝毫不影响你在观看中获得乐趣。于是我认为，《异形》

本身就可以"迟到"：如果我的某些展示显得不自然或机巧，那么它对于叙事就是不必要的。如果它说起来不自然，那么观众就没必要知道。谁在乎船员是矿工还是陆战队员，还是在星际摘豆子的工人？这部电影讲的不是采矿，它讲的是在一艘飞船中，人们与异形作战，这才是观众需要知道的。

最终，我明白了，观众无论如何都会为缺失的信息提供自己的解释，它通常比电影制作者头脑中既定的一样好，甚至更好。告诉观众的太多，他们就会无聊，因为你就是拿勺子在喂他们。相反，告诉观看者的略有不足，他们就会警觉，开始猜测并为自己的问题提供答案。他们会变得投入，而这永远是最愉悦的观影方式。

因此，对于展示，一条首要的规则便是：除了观众为了理解当前的故事所必需知道的东西，其他的都要去掉！

这条建议并不意味着，所有的对话都适用于这一方法。为了驱动故事前进，人物显然需要分享一些信息。但人物对彼此讲的东西和对观众讲的东西是有区别的。只有后者是应当被清除的，因为它会使对话显得不自然。

论转折

从戏剧叙事肇始时，转折便一直玩弄着观众的期待。在《诗学》中，亚里士多德把它叫作"突转"。不论人们使用什么词，它们指的都是改变人物和观众对于先前事件、潜在事件及其后果的理解的叙述性揭示。在《俄狄浦斯王》中，大转折在俄狄浦斯发现自己杀父娶母时到来。《唐人街》也有一个经典（同样也是乱伦）的转折。在片中，这一时刻是费·唐纳薇（Faye Dunaway）饰演的人物揭示出众人都在寻找的神秘姑娘就是她的姐妹和女儿。阿尔弗雷德·希区柯克是故事转折的大师，他的影片中充满叙述性诡计，例如死去的人物并没有真的死去，活着的人物已经死去很久（最著名的当然是《精神病患者》中的贝茨太太）等等。

让我来告诉你如何写一个好的转折吧。一开始，你先引导观众相信某种可怕的事即将发生，它不是任何"吓人的未知"，而是一件特定的可怕之事。随着故事的发展，接下来的一切都使观众确信这件可怕之事将会发生。观众的期待围绕爆发点建立。为了这件可怕之事的发生，观看者做好了准备。所有的逻辑都告诉他们——毫不含糊地坚持，正是这件可怕之事即将发生，而且不可能是其他。

接着，一件可怕之事最终真的发生了，但它与观众的期待完全不同。不仅如此，它还比预料之中的更糟……甚至比先前的期待更合乎逻辑。你想要的就是全体观众同声大喊"哦，天呐，当然了！"

关于观众这种震惊，一个伟大的例子出现在安德鲁·凯文·沃克（Andrew Kevin Walker）编剧的《七宗罪》（Se7en, 1995）中。还记得电影里，他们怎么抓住犯下七宗死罪的凶手吗？他们没抓到。引向第三幕的一切都驱使我们相信，无论凶手看起来如何邪恶、如何聪明，英雄们抓住他只是时间问题。但是，当第二幕落幕时，发生了什么呢？凶手自首了。一切都在他的计划之中，这建立起第三幕并以凶手大获全胜——格温尼丝·帕特罗（Gwyneth Paltrow）装在盒子里的头颅告终。

虚假的可怕之事是一种杰出的障眼法。你必须倾尽全力欺骗观众，令他们猜不到什么才是真正的可怕之事。正如舞台上的魔术师从口袋中掏出兔子以转移观众的注意力那样，你必须使用本书中的一切诡计，把它扫进地毯下面。当然，如果观众猜到并预先指出了真正的可怕之事，效果便会尽毁。但是，如果你干得不错，当真正的可怕之事发生时，它就会像一个令人震惊的揭示一样到来。观众们所有的准备，为迎接虚假的可怕之事所做的一切，都被真相的核爆炸一扫而光。这是超越他们想象的、更可怕的、极致的恐怖，同时它又合情合理，他们本该预料得到。然而，已经太迟了。

如此，你便写了一个好的转折，人人都会爱你。观众们曾被《第六感》（The Sixth Sense, 1999）中的转折惊得目瞪口呆。而 M·奈特·沙马兰（M. Night Shyamalan）的整个职业生涯正是基于该片的影响力。从那以后，他的所有影片都遭遇了尖锐的批评和观众的冷落。以至于很多人都在问，他怎么还能拍电影？答案如下：每个人都期待他再表演一把绝活——虚假的可怕之事。

步调、展示和明智地运用转折是剧本创作中令人气馁的障碍。幸运的是，我在科学世界里发现了一个概念，虽然它并不是为剧本写作而设计，却简洁而恰当地应对了剧本建构中的这些方面。

享乐适应

心理学家菲利浦·布里克曼（Philip Brickman）和唐纳德·坎贝尔（Donald Campbell）在1971年的论文《享乐相对论和美好社会的规划》（*Hedonic Relativism and Planning a Good Society*）[1]中概括了一个被称为"享乐适应"（hedonic adaptation）的概念。这一概念是指，为了适应极端变化或者任何延长的（愉悦的或有害的）情境，人类会作出身体和情感上的反应，通过情境的迟钝化来影响对特定对象的体验。布里克曼和坎贝尔解释说，人类拥有一种令人吃惊的能力，可以迅速适应环境的改变。凭借这一固有的本领，人类使自身得以在时间进程中保持情感的平衡。即使是最意外的紧张和最痛苦的情境，如果保持足够长的时间，也会丧失其陌生感并最终被视为"正常"。

在现实生活中就有些例子可以解释这一过程如何发生，比如说汽油的价格。若干年前，汽油涨到了每加仑三美元，这一前所未有的价格随即招致了民众的广泛抗议。而现在，如果我们发现每加仑"只"需付三块钱的话，一定会颇感欣喜。油价后来的摇摆攀升似乎不像它首次达到三块时那么令人痛苦了。

享乐适应的另一例子，不如看看性的反应，说得更具体些，就是多重高潮的概念。如果你的伴侣已经达到了一次高潮，只有傻瓜才会不断在同一个"关键"区域下工夫。恰当的策略是离开或减少刺激那些主要的性敏感区，着重于那些通常被认为与性反应无关的区域（脚趾、膝盖后面，或者轻咬脖子一两下），不断抚弄你的伴侣，使他或她从最激烈的刺激中舒

---

[1] 收于《适应层次理论论文集》（*Adaption Level Theory: A Symposium*），M·H·艾普利（M. H. Appley）编，纽约，学院出版社（New York, Academic Press），1971年，第287–302页。

缓下来。接着，当他或她的兴奋程度回到了合适的水平时（但不要完全抑制住），你就可以再次去对付"主要的阻力"，把行动带向另一个成功的高潮了。

我认为享乐适应在视觉刺激上的效果特别强。当批评家和观众说一部影片"引人入胜"时，这一说法便是指，观众在观看所说的影片时的体验很紧张，并在观看期间更改了自己身处的环境。一部影片如果奏效，基本就能成为观众当前的"生存境遇"。至于这种吸引力能取得何种效果，影片的步调、动作的涨落、信息和叙事揭示就非常关键。尤其是动作片和恐怖片这两种更加直接地依赖对观众的刺激的类型（看到动作场景时肾上腺素飙升、看到怪物进攻时心跳加快）。因此，一部步调不合适、没有恰当的喘息和停顿的影片，就不能使最富冲击力的时刻完全发挥出它们的效能。随着时间的流逝，观众们对那些冲击的反应将不断衰减。

正如我们前面提到的情人那样，你作为编剧，基本上就是在引诱你的观众。观看者愿意进入影院，并在影片放映的过程中把他们的情感生活交给你。如果你的剧本在每个揭示或震惊的时刻后，都能给予观众恰当长度的停顿时间，故事的每个节点和转折带来的冲击就会大得多。这一建议并不是要故事完全中断前进的势头。事实上，这些"停顿"的时刻通常是注入必要展示的最佳时机。对人物和观众而言，他们在面对你带给他们的新威胁和新问题时，需要一个提速的过程。在被叙事的惊骇击中后，你的观众会处在高度的警觉中，注意力很集中。因此，把展示加在这里，就会显得非常自然，不会令观看者感到乏味。想想看吧，大多数恐怖片中，怪物的第一次攻击后，都有一个"那究竟是什么？"的时刻，人物在这里被威胁着他们的恐怖紧紧攫住，并且试图了解它的本质和动机。理想的话，这种展示不仅要回答人物的问题，也要回答观众的问题。如果你处理得当，这一展示性的停顿将持续足够长的时间，使人物和观众习惯于这一新的、变化了的情境中的现实，接着……砰！你用再一次的转折击中了他们，你挑起了新的问题，并把观众带到下一个体验和注意力都更高的水平上。

当然，我们已经仔细讨论过了一部影片——《天外魔花》，它使用的正是这样的结构。该片是建构在一系列"启示性震惊"之上的，常规的间歇被用来提升叙事中的张力和行动。这些"震惊"就是叙事的转折，它们的发生每一次都改变了影片的现实并提升了其中的恐怖。理想的话，在你自己的写作中，随着叙事不间断地向前推进，这些惊骇也应以持续增强的频率击中观众。

把享乐适应的效果运用到剧本结构上，图表可能会是如下这个样子：

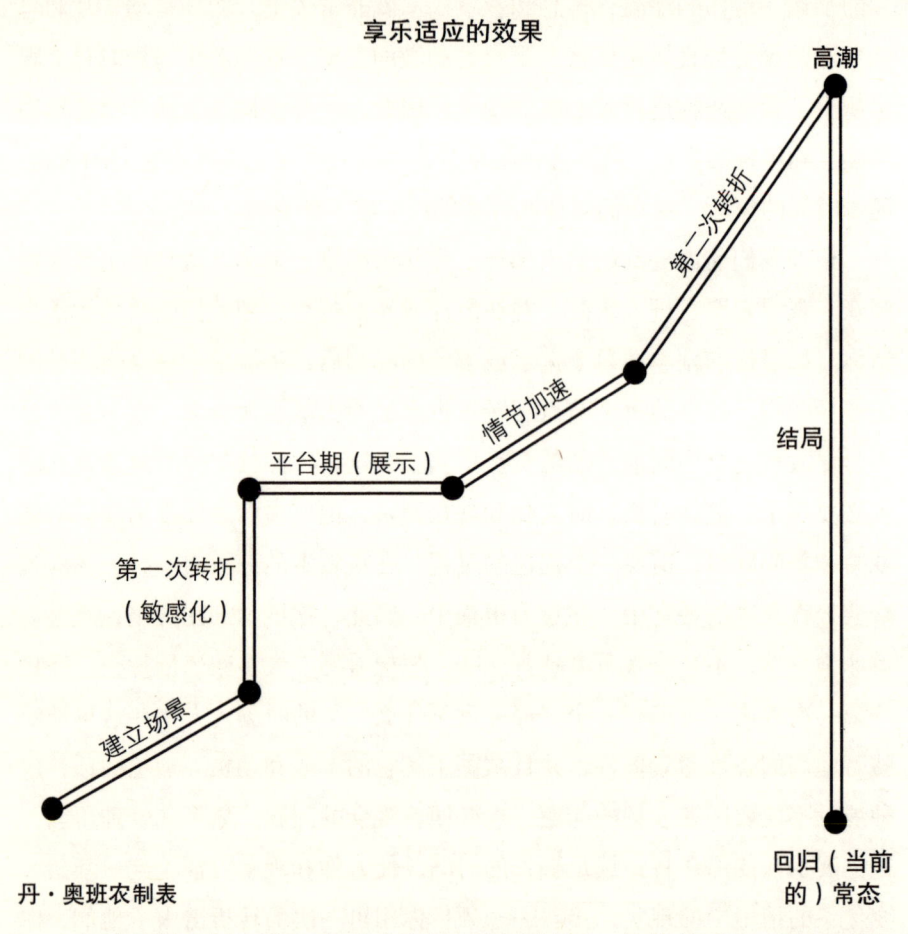

享乐适应的效果

丹·奥班农制表

为了示例方便，我仅在图中容纳了两次转折，但你的剧本可能需要容纳更多的转折。理想的话，你容纳进来的每次转折都要比上一次更加紧张。

简而言之，由于享乐适应，观众会发现一开始令他们感到害怕和意外的东西最终将在影片的语境里成为"正常"的。享乐适应是一种不自主的生理反应，无法由观看者控制。编剧不能忽视它的效果，反而应该善加利用。关键在于，不断带来意外、放大张力、把行动推向新的高度。在结局之前，观众体验的任何一次放松都应是暂时的，如果它不全然是幻觉的话。无论如何，你的故事都应避免把我们带回一开始时遭遇的"正常"世界。某种程度上，它其实也不会是"正常"的。即使怪物在结尾时被击败了，你也明白了邪恶依然存在……谁知道我们何时会再次遇到它呢？

习题：论步调、展示和转折

1. 为了避免观看者由于享乐适应产生的迟钝效果，很多影片都使用了本章中概括的转折—展示—转折的结构原则。选择两部影片，在下面的空白处，说明那些将叙事的紧张和悬疑提升到一个新水平的转折，另外注明这些转折在影片中发生的时间。研究你的答案，看看这些转折是否在行动迈向影片结尾的同时，以不断增强的频率到来的，并且注明紧跟转折而来的展示段落的实质和长度。

影片1_____

转折1_____

它何时发生_____

随后的展示_____

转折2_____

它何时发生_____

随后的展示_____

转折 3_____

它何时发生_____

随后的展示_____

转折 4_____

它何时发生_____

随后的展示_____

转折 5_____

它何时发生_____

随后的展示_____

影片 2_____

转折 1_____

它何时发生_____

随后的展示_____

转折 2_____

它何时发生_____

随后的展示_____

转折 3_____

它何时发生_____

随后的展示_____

转折 4_____

它何时发生_____

随后的展示_____

转折 5_____

它何时发生_____

随后的展示_____

第 11 章　为什么是三幕
别管因为所以，收钱吧

> 人生是一出好戏，只是第三幕写得糟糕。
>
> ——杜鲁门·卡波特[①]

人人都使用三幕结构。就这一点而言，它实际上是既定的。然而，这是为什么呢？

我并不能证明我下面要说的话，即使没有证明的负担，将它付诸语言也已经够难了。我只能告诉你们，从我的直觉来说，它似乎就是正确的。

首先，这是由于我在写剧情长片时，一般不会使用一幕或两幕结构。我更喜欢一个发展完全的故事——一顿完整的大餐。一幕或两幕的故事是一种精简的形式，既然多于两幕的形式存在，那我就要追求最大化。

但三幕真的就最多了吗？干吗不写一部四幕的故事？比最多再多一些。

唔，不妨这么看。你定义你的冲突，那就是一幕。

[①] Truman Capote，1924—1984，美国作家，作品有《蒂芬妮的早餐》（*Breakfast at Tiffany's*）、《冷血》（*In Cold Blood*）等。——译者注

然后，你把那个冲突升级到一个不可逆的点上，这就是第二幕。冲突必须升级，仅仅重复它就是原地打转。所以，我觉得有义务将冲突提升到一个质量上更高的级别。之前关于享乐适应的段落应当已经解释了这一轨迹为何至关重要。

所以，你至此已经榨出了两幕，而且在这一过程中，建立起了解决冲突的第三幕。不过，假如你想要在不归点和最后一幕之间再挤进一幕呢？你有什么理由不这么干呢？（这一概念是想法中最难以语言表述的部分，所以请容我细说。）

首先，我从来没有找到过一种方法，在这多出的一幕中，把冲突升级到另一水平上。也许有人能想出一种方法，在不归点建立起来之后，进一步升级冲突。但即使他们能做到，我也不认为，一般的观众能够忍受又一次升级。你已经为一个冲突的创建兴奋过一次，也为转折导致的不归点感到过惊讶。现在，你的兴奋元素已经用完了。观众被转折燃烧殆尽，所以即使你设法爆发出比先前更高的冲突，你的观看者也会预测到它。要达到冲突升级的最高点，你已经把该做的事做过一次了。观众虽然知道你能做到，但只要他们能预见你的叙事手段，你就不能再次使用它们。简而言之，在第二幕的结尾，你为了把冲突挤出水来，已经使出了浑身解数。你下过一次赌注，增加过一次筹码，现在该摊牌了（但愿牌还扣着）。这就是我写三幕的原因。

有些人认为，你应该在故事的正中间放置一个高点。在故事的中间点，观众们开始有点疲劳了。他们已经端坐了一个小时，如果你能在半路上达到一个高点，那么即使下面再没有如此令人兴奋的时刻，他们也能再坚持一小时。然而，这样会使影片的后半部分变得似乎比前半部分更冗长，仿佛没完没了，无穷无尽。当观众们到达影片的高点时，影片的时间感就开始坍塌，所以影片的步调应该加速。因此，高点之后的东西应当比你刚刚看过的更短。因此，你故事的高点应当在中间点之后。理想的话，它应当发生在影片全部长度的三分之二处，最好不要晚于四分之三处。

我也听过一种说法，大意是，一部影片的三幕应当在长度上相等，也就是说，每幕四十分钟。（我还听过另一种说法，认为第二幕应当大约是影片长度的一半，或者说就是正中间的一小时。）这一步调似乎意味着，观众们的腿上似乎放着某种装置，它不仅能够探测到一幕的结束，并且能把消逝的时间转换成对剧本页码的估计。我不禁想象到，某个假想中的观众会低头看向计算幕长的超级计算机，看着读数说"第一幕结束，只过去了28分钟！"，接着恼火地嘟哝道"作弊！作弊！"这话在观众中迅速传开，大家出离愤怒，齐声要求退票。

对观众而言，真实的放映时间是无法判断的。客观时间在银幕上毫无意义，相对时间才是一切，但后者却无法以实际的分钟数来度量。1949年，罗伯特·怀斯（Robert Wise）执导了一部名为《出卖皮肉的人》（*The Set-Up*）的影片。片中，罗伯特·瑞安（Robert Ryan）饰演一个过气的拳击手，拒绝输掉一场本该输掉的比赛。怀斯用此片做了一个"时间的实验"——关于影片时间、真实时间以及凌驾于一切的观众时间。就这一点，他曾在南加州大学作过演讲。多年以后，我为了本书采访了他。他告诉我：

> 我们认为，如果能以真实时间讲述这部电影，将是件很有趣的事。这就是说，实际的时间长度就是事件发生的时间长度……它讲的是一场拳击赛，从头至尾所有的事也就发生在一个多小时之内。所以，我们就有了一个想法——把钟表放进影片的开头、中间、结尾……我想试试看，能否使用钟表把片中的行动发生的时间表现出来……出来的效果应该是，银幕时间和故事的内在时间完全一致。

当他们完成时，怀斯发现除了字幕以外，影片全长71分钟。全片中，到处都有作为参考的钟表：街上的大钟告诉我们开始的时间是9：05，而结尾是10：16。在故事中，71分钟的时间蒸发了，影片的全长也是如此。如果你在观看影片时，旁边放上一个钟，它和电影里的钟总会是同步的。结果如何呢？

"结果，在观众的知觉上没有造成任何差别，"怀斯说，"那些钟上可以是任意时间，谁也不明白其中的不同。观众们到处都能看到钟，而它们却能一会儿提前，一会儿滞后。"

我看不出影片中分幕应当长度相等的理由，即使表面上是相等的。这种对称性能令谁感到愉悦？它又能造成什么差别？谁又在乎呢？为了表达清楚，我需要在每一幕中放进足够的信息，如果第一幕的展开耗费了影片放映长度的一半，那又怎样？每一幕的长度应当是内在决定的，取决它能否抓住观众的注意力并且说出了应当说出的一切。你究竟是为谁在拍片？是观众，还是匀称分幕之神？

事实在于，规则使人们（包括电影制作者在内）感到安心。蒙眼飞行是可怕的，而拥有一堆规则就能创造出安心的幻觉——即使你已经知道屁股下的地面上有一个大洞。不过，就算规则错了，也比没有规则要强。哪一个更糟呢？没有规则，你就被迫依靠直觉。而错误的规则却会让你无视每一个直觉，哪怕它是正确的。

你也许会说，就算每一幕都一样长，那也没有坏处啊？此话没错。可是，普罗克拉斯提斯之床的神话①会告诉你，如果你这么做，要么就是在用废料把一幕填充到"正确"的长度，要么就是为了剪裁合体而抽走好东西。这么做的益处何在？获得均等的四十页吗？我几乎现在就能听到有人大喊："郝登思！你一定得看看这部电影！每一幕的长度都完全一致！"

习题：为什么是三幕？

1.鉴于你们表现良好，在本章中，我只给你们出一道很容易的习题。选出三部影片，将它们分解成三幕结构，识别第一幕和第二幕的分幕。同时，判定每部影片的"高点"并标注出当它发生时放映时间走了多少分钟？

---

①希腊神话中的强盗，为了让睡觉的人和床相配，便把他们的脚砍掉。——译者注

影片 1_____

_____

第一幕分幕_____

_____

第二幕分幕_____

_____

高 点_____

_____

它发生在_____

_____

影片 2_____

_____

第一幕分幕_____

_____

第二幕分幕_____

_____

高 点_____

_____

它发生在_____

_____

影片 3_____

_____

第一幕分幕_____

_____

第二幕分幕_____

高 点_____

它发生在_____

第 12 章　电影剧本的长度

装满数字打包袋

> 鹈鹕是奇鸟，嘴大肚子小。一口是一顿，一顿撑七天。我若非亲见，必当是谣传。
>
> ——迪克逊·兰尼尔·梅里特[1]

曾经有人问亚伯拉罕·林肯，一个人的腿应该多长。他回答说，"长得够到地面就行。"有种约定俗成的算法认为，一页剧本相当于银幕时间的一分钟，大多数故事片长约两小时（120 分钟），因此理想中的电影剧本应当在 120 页左右。[2]

这一首要规则——一页纸等于一分钟，来自于将影片规范在一定长度内的愿望。而这一愿望，部分是基于观众的注意力不会持续两小时以上的假设，更主要的原因则是放映商需要尽可能地在一天中排进更多的影片。如果你打算制作一部两小时的影片，那么你就需要知道，这样一部影片的

---

[1] Dixon Lanier Merritt，1879—1972，美国诗人、幽默作家，他所作的这首打油诗在英语世界中非常著名。——译者注
[2] 近年来，电影编剧权威们把这一估计改为 110 页，但我第一次听说时，它是 120 页，我坚持这一点。以此类推，冥王星依然算是一颗行星。

剧本应该多长。总的说来，这一公式在电影编剧的世界里变得至关重要。然而，它也有着严重的缺陷。这就是说，它基本上是无效的。

按照我的经验，在剧本的页数和电影的放映时间之间，并不存在货真价实的关联性。完成片的长度完全取决于导演的步调。

当约翰·卡彭特和我写《暗星号》时，我写了一个场景，其中只有一篇讲演，由单一的镜头拍摄：

任务控制员

各位好，我们很高兴收到你们的信息。你们将乐于得知，它已经在第一时间向全球直播，并在业内受到了好评。信息的时间延迟越来越长。由于你们是从大约18秒差距之外发来的信息，所以我们收到时就已经晚了十年。多给我们来信，好吗？得知船上发生了放射性泄漏，我们深感悲痛。鲍威尔指挥官的殉职更令我们感到由衷地难过。在地球上，我们哀悼了整整一周，而且还为他降了半旗。我们支持着你们，伙计们。至于你们对放射性护罩的请求，我们遗憾地通知你们，请求被驳回了。鉴于你们正在远方做着了不起的工作，所以我很不愿告诉你们坏消息。不过，我相信你们会以大无畏的气概接受它。议会削减了一些开支，因此在目前的状况下，考虑到遥远的距离，我们已经无法负担派遣运输船的费用了。但我知道，你们会克服的。祝你们工作顺利，伙计们！

根据你的想象，这篇小小的演讲在银幕上会有多长呢？使用"一页纸等于一分钟"的公式试试？好吧，我告诉你它有多长？87秒。也就是一分钟又27秒。对一篇只有半页纸的演讲来说，时间过长了。

我为《异形》撰写剧本时，假定未来的电影大约要两小时，结果出来的第一稿长112页。当这个项目被送交二十世纪福斯公司时，两个制片人大卫·吉勒（David Giler）和沃尔特·希尔（Walter Hill）开始重写它。"最终的拍摄本"由于他们和我的努力，比我的初稿缩短了十页。我当时并未看出这些删减有确实的必要，但我猜想他们是希望剪辑出一部步调更迅速的影片。

在拍摄过程中，以连贯为准则的"分镜头剧本"又删去了各式各样的台词并作了一些编订。然后，在剪辑过程结束后，我在剪辑室又发现另一个场景被整个删去了。在这个场景中，里普利发现达拉斯被包进一个茧里，便对他实施了安乐死。我被告知，拿掉这一场景的原因是他们认为它会迟滞影片的高潮。

当我发现，在所有这些删减和争吵过后，《异形》完成片的放映时间仍有 117 分钟时，你们可以想见我的困惑——只比两小时短 3 分钟。如果你拥护一页纸等于一分钟的理论，那么这部影片比基于我的初稿拍出来的影片还要长 5 分钟。考虑到所有这些因素以及被删掉的那个场景，我认为影片稍微长了一点。如果你拿到他们拍摄时依据的剧本，并去掉剪辑时删去的茧的场景，你会发现剧本大概只有八十页。因此，基于每页纸一分钟的标准，你又怎么能把一个八十页的剧本拍成一部接近两小时的影片呢？

当我看到成品时，我明白了。《异形》之所以这么长是由于雷德利·斯科特（Ridley Scott）以一种从容的步调执导了它。他缓缓地呈现气氛性的元素例如布景，并且制造出足以令观众咬碎牙齿的悬疑。但你不能据此认为，雷德利·斯科特的风格就是执导这一剧本的唯一方式。如果完全相同的内容能以更快的步调上演，影片将轻而易举地缩短十到二十分钟，甚至更多。

这一现象的另一个例证（几乎是实物演示）是环球公司原版的《吸血鬼》（本书前面已有分析）。该片曾以两种版本——英语和西班牙语拍摄。在 70 周年纪念版 DVD 中，两种版本都可以看到。在当时，外语配音还不完美，因此环球公司便用同样的布景把影片拍了两次。英语剧组白天拍，西班牙语剧组接替他们在晚上继续拍摄。环球公司本来只想为墨西哥市场套拍一部次品，但导演乔治·梅尔福德（George Melford）显然不这么想。结果，很多人都认为这一版本优于托德·勃朗宁的英语版。它有 103 分钟，比 75 分钟的英语版长了 28 分钟。两部影片依据的剧本相同，虽然其中一个是由 B·费尔南德斯·库伊（B. Fernandez Cue）译成的西班牙语，但这还不至于造成放映时间上如此大的差异。

那么，究竟发生了什么呢？很简单：梅尔福德把一切展开得更从容，并且比勃朗宁更加注意细节。①他确保故事的要点能得到清晰的理解，并且使用了更多的镜头建置。哪个版本更好呢？老实说，这是件见仁见智的事。我在这里并不是要讨论影片的优劣，但这种差异却牢固地证明了，你无法仅仅通过剧本的页码推断影片的放映长度。

再来说说对话。你大概会认为，一个对话很多的剧本一定很长。交谈必然耗费大量时间，除此之外，对话也比动作更占用剧本的长度。然而，实际上却未必如此。你只需让演员说得更快一些就行了。如果你想知道一个导演如何以光速攀越复杂对话的山峰，就去看看肯·罗素（Ken Russell）的《灵魂大搜索》（*Altered States*，1980）。卓越的范例还可参见《女友礼拜五》（*His Girl Friday*，1940）。与此相反，小威廉·布罗伊斯（William Broyles, Jr）编剧、罗伯特·泽米基斯（Robert Zemeckis）导演的《荒岛余生》（*Cast Away*，2000）在中段的一个小时内，几乎没有对话。剧本的中间部分都是一行行的动作描写，每隔数页才会插入一两行对话。剧本页数：92 页。放映长度：143 分钟。

负责项目的制片人、导演和管理层希望一部影片的长度实际上要在制作之前就确定下来。有些电影的长度是被刻意维持在 90 分钟的。然而，如果你把一个 90 页长的剧本交给制片公司，你将屈辱地得知，你未能交出一个职业的剧本，这就是说，你在欺骗他们。即使你跟他们争论，说多出来的三十页最终还是会扔在地板上，你的争论也将是徒劳。

当我刚到法国的时候，曾经对餐馆里菜的份量之少颇感困扰。对我来说，那绝对不够吃。但在巴黎吃了几天以后，我意识到法国人做得很对。他们的菜量恰好够一个成人吃一顿。而且，出乎我的意料，我时常还剩下满桌的菜。

关于一个盘子里应该装多少，我的概念完全是美国式的。习惯上，美

---

① 一个有趣的结果是，伦菲尔德在西班牙语版本中，成为了更加关键的人物，实际上是影片的中心。

国餐馆供应的食物量堪称巨大。美国人要得多，那就得给得多。而在其他国家，没有所谓"打包"的习惯[1]，餐馆里给你上的食物不会多到你必须拖着回家才行。

这就是制片公司坚持编剧必须为一部 90 分钟的影片交出 120 页剧本的原因——贪婪。除非能从你手上得到远远超过实际需要的剧本，否则他们是不会满足的——他们没能占你的便宜，而对他们而言，那就是理所应当的。（下次你观看一部影片的 DVD 特别版时，就把那些删掉的场景看作是数字打包吧。）

赞成写长剧本的另一个论点是，影片在实际拍摄时总会搞糟一些场景。因此，口袋里多装几场戏能使你在去掉这些坏镜头之后仍能保持影片的长度。

然而，当我做导演时我却发现，一旦剧本被拆解成拍摄日并安排到时间表里，制片人就会一直跟我说：太长了，远远超出预算——我们无法负担那么长的拍摄周期。我得到指示删掉一些场景。还是太长！再删些！让它短点！再短点！求你了！《逃狱金刚》（*Cool Hand Luke*，1967）中有一个场景，残酷的典狱长让保罗·纽曼（Paul Newman）挖一个洞，接着又让他填上。在和制片人为拍摄时间表的事争吵过之后，我觉得我确定无疑地知道了，该片的编剧唐·皮尔斯（Donn Pearce）和弗兰克·皮尔森（Frank Pierson）是如何获得那场戏的灵感的。

如果你发自内心地在意你的剧本在银幕上会有多长，我建议你让你的导演把整个剧本演给你看，同时给他计时。这可是一场马拉松。如果太长，就让他演得快些。如果不够长（见鬼，这不大可能），那时才是你该担心如何为剧本添砖加瓦的时候。

习题：电影剧本的长度

1. 找两部你喜爱的影片的剧本。比对剧本的页数和影片的最终放映时

---

[1] 作者显然没到过中国。——译者注

间，看看你能否确定导致其差异的原因。从片中选出一个关键场景。剧本中场景的页数和它在片中的时长相差了多少？片中有没有某个主要场景是剧本中没有的，抑或相反？如果有，这如何影响到影片的放映长度？

  影片 1 及放映长度_____

_____

  剧本页数_____

  关键场景页数_____

  关键场景时长_____

  剧本中有但片中没有的场景_____

_____

  片中有但剧本中没有的场景_____

_____

  影片 2 及放映长度_____

_____

  剧本页数_____

  关键场景页数_____

  关键场景时长_____

  剧本中有但片中没有的场景_____

_____

  片中有但剧本中没有的场景_____

_____

第13章 灵感对规则

呼叫剧本警察

> 洛佩·德·维加（Lope De Vega），"自然的奇迹"，有史以来最多产的剧作家……撰写过超过一千五百个剧本。在他对戏剧理论和实践的全面研究《当代编剧的新艺术》（*Writing Plays in Our Time*，1609年出版，以诗体写成）中，他介绍了所有的"规则"并公开而勇敢地表述说："当我写戏时，我就把规则重重锁起。"
>
> ——霍华德和马布里

对一个编剧而言，在接纳灵感和形式上忠实于既有"规则"之间，存在着永恒的斗争。关于这一话题，我在第11章中已经略作陈述。但是，鉴于其弥足重要，我认为有必要对它作进一步的讨论。

制片人、执行制片、策划人员，几乎任何有权力给编剧下指令的人，都拿写作的"规则"往死了打击编剧。这种情形几乎永不改变，几乎不可避免。有时候，编剧们甚至会接受这些规则然后用它们抹自己的脖子。

狗为什么摇尾巴？因为狗更聪明。如果尾巴够聪明，它就会摇狗了。关于写作规则，我有一条基本的建议：别把尾巴和狗搞混了。鲁德亚德·吉卜林说过，"当魔鬼[1]掌控一切时，不要刻意思考，而要放任、等候、遵从。"[2]而斯蒂芬·金则说，"写作最棒的时候——向来如此，亘古不变——就是当作家觉得他是满怀灵感享受写作的时候。"[3]

在写作中，灵感就是一切，必须永远让它引路。当缪斯眷顾你时，你便热情迸发、灵感奔涌，下笔如有神，此时规则就变得毫无意义、毫无必要了。只有当剧本不能奏效时，你才需要规则。

也许你搞出了个好剧本。接着，你或其他人检查后发现，它并不符合这样那样的规则。在你眼中，在此之前，剧本一直能自圆其说。然而现在，你发现了一个理论上的瑕疵。于是你返工去"解决"这一问题，但却因此毁掉了剧本。你永远搞不清楚，为什么剧本现在看起来根本不奏效呢？它为什么不能奏效？我是说，见鬼，它遵循了规则，难道不是吗？！

我向你保证，观众根本不关心写作的规则。人之所以去看电影是为了获得毛骨悚然、血脉贲张、心醉神迷、笑逐颜开、感人肺腑的体验。这一过程无法由任何规则套路生成和评判。虽然细想起来很吓人，但对剧本最终质量而言，唯一精确的衡量标准就是你作为人类的本能和直觉。你要么喜欢它，要么不。如果你喜欢，千万别乱搞，即使它没有"遵循规则"。如果一个剧本奏效，就不必把它放到显微镜下。乞灵于规则就像呼叫警察：它给你带来的麻烦和带走的一样多。

作为规则，我的动态结构体系相当不错。如果你的剧本明显偏离了轨道，它能帮你让一切归位。我的体系可以容纳一个愚蠢的故事想法并使之具有足够的吸引力，从而让一个观众能够以最少的不适看完它。如果你知道自己陷入了麻烦，你的故事在结构上问题甚大，这一体系提供了出路。但是，仅凭我的体系，实际上是任何体系，都不能催生一个好想法并将其

---

[1] 这里，魔鬼指的是你的缪斯。
[2] 《关于我自己：献给我已知和未知的朋友》（*Something of Myself: For My Friends Known and Unknown*）。
[3] 《写作这回事》（*On Writing*），张坤译，上海译文出版社，2009年，第148页。

孵化成一部杰作。世上没有比眼睁睁看着某些傻瓜用某些愚蠢的规则毁掉一个卓越的剧本更糟糕的事儿了。[①]

对那些听得进去的人，要让他们明白。

习题：灵感对规则

如果你仔细审视几乎任何剧本，包括那些既有的经典，你可能都会发现理论上的瑕疵，这就是说，剧本在某些方面违反了被人所宣教的编剧"规则"。找出两部电影剧本，最好是堪称高质量写作范例的剧本，识别出一个理论瑕疵。剧本为何没有遵循编剧规则？为何这样的违反没有最终损害剧本的质量？给出你的解释。

剧本1_____

理论瑕疵_____

_____

它如何打破规则_____

_____

为何这并不碍事_____

_____

_____

剧本2_____

理论瑕疵_____

_____

它如何打破规则_____

_____

为何这并不碍事_____

_____

---

① 仅次于此的当然是油炸茄子。

第14章　洞察力
对你的话嗤之以鼻

来一点洞察力，正如来一点幽默感，大有帮助。

——艾伦·克莱因[①]

每个电影编剧都要面对一个挑战——的确，在作品完成之前的漫长的创造性过程中，每个艺术家都有责任作出创造性选择，如此他们才能以新鲜的观点看待作品。这就是洞察力，当你失去它时，你便失去了评判自己的素材的最可靠的手段。没有洞察力，我们怎么能判断什么是好的，什么是坏的呢？一切都变得模糊了。

问题在于心理疲劳。例如，我们都知道，当我们劳累时读一本书会是什么样子。我们的眼睛掠过书页，但我们的头脑却不能理解其中的言语。好好睡一觉通常会振奋读者的精神，使其重获理解其读物的能力。但对从事着一个长期项目的艺术家而言，这种疲劳是针对作品本身的，一夜的休息也不够。正如威廉·古德曼（William Goodman）所说，"你已经考虑了

[①] Allen Klein，美国商人、艺人经纪、制片人、作家，曾经担任滚石乐队、甲克虫乐队的经理。——译者注

太长时间,在头脑里和纸面上太过经常地做过了,你开始变得昏迷、愚蠢、干涸了。"厌倦的编剧需要给自己以足够的时间忘掉他的剧本。这样,在他重拾它的时候,素材就仿佛是别人写的那样新鲜而陌生。一个晚上?就这种情况而言,一年还差不多。

当你知道素材还奏效时,就要保持一开始时对它的清晰视野,这至关重要。当你仍然感到新鲜时,对作品做一个粗略的心理描述,把你选择好素材时的感觉牢牢记住。而在下一个阶段,当你的头脑像烘干机一样,当你不再知道什么才是对的时,要当心由于绝望感和新想法枯竭而导致的重新构思的冲动。不妨查阅你早先的决定。当你需要时,要依靠它们。永远记住你对素材最初的反应。当你清晰考量作品的能力耗尽时,它们会是你继续前进的最好向导。

制片人和执行制片在指派人写作剧本这件事上声名狼藉,对拿到手的剧本,他们几乎从不满意。原因之一在于,当看到重写过一遍又一遍、一稿又一稿的剧本时,他们达到了对素材的饱和点。对他们而言,剧本已经变酸了。由于站在一个太过熟悉的位置看待其中的每行字,他们已经不再有能力去喜欢其中的任何东西了。而其他人却可能会喜欢。这些人不见得比制片人和执行制片更聪明,但他们是以新的眼光接触剧本的。事到如今,可怜的策划监制不过是从一个幻灭走向另一个而已。

为了赢得争论并威胁你屈服,制片人和导演们时常用"失去洞察力"当武器来对付你。当你问起为何他们刻意忽视你的清醒,忽视你最合理的建议时,他们为了竭力抵消你对剧本更熟悉(因此也许对其中的问题理解更深入)的事实,会面带傲慢地傻笑告诉你,你离素材太近了,你没有客观性,你那作为作者的自尊蒙蔽了你,你已经失去了洞察力。他们承认,一开始你还有那么一点。但是,制片人、导演、执行制片又解释道,由于他或她拥有鹰一般高屋建瓴的洞察力,所以关于如何解剖你的剧本,他们才是最适于作出创造性决定的人。

最终,"洞察力"成了空洞的争论。所以不要为"洞察力"的争论太过沮丧。归结起来，那不过是"对你的话嗤之以鼻"而已。如果你确信你的观点是正确的，在这种情况下，尽管以"对嗤之以鼻还以嗤之以鼻"去回应它好了。

习题：洞察力

1. 如果你能搞到一部著名剧本的第一稿和影片最终拍摄本，那么对照阅读两者，注明编剧的原始版本和最终呈现在银幕上的版本之间的差异。把这些差异列在下面，讨论这些变化是帮助了叙事，还是阻碍了叙事。

电影剧本_____

拍摄本的差异_____

_____

它们如何帮助叙事_____

_____

它们如何伤害叙事_____

_____

第 15 章　何为制片人

不是"谁为",是"何为"

制片不过就是把各种元素汇聚在一起,把人与人联系在一起。

——布里翁·詹姆斯[①]

何为制片人?这个问题数十年来一直困扰着多思的人们。把阿瑟·柯南·道尔爵士[②]的话改述一下——他们是天生这样,还是一点一点变成这样的呢?从不那么形而上的层次来说,大多数人只是想知道:一个制片人究竟是干什么的?我的意思是,制片人才是那个在奥斯卡之夜带走最佳影片奖的人。这么做一定很有理由,不是吗?

关于这一问题,多年来我做了很多阅读和思考。詹姆斯·贝茨(James Bates)在他 1996 年 3 月 25 日发表在《洛杉矶时报》上的文章《这么说,你想当制片人》(*So You Want to Be a Producer*)中给出了我所见过的对这一问题的最好回答:

[①] Brion James,1945—1999,美国演员,曾经出演《灼热的马鞍》(*Blazing Saddles*,1974)、《邮差总按两遍铃》(*The Postman Always Rings Twice*,1981)、《银翼杀手》(*Blade Runner*,1982)、《大玩家》(*The Player*,1992)、《第五元素》(*The Fifth Element*,1997)等影片。——译者注
[②] Sir Arthur Conan Doyle,福尔摩斯的创造者。——译者注

其实，好莱坞最有创造性的活动之一就是想出各种职务头衔。除了前面提到的那些，还有线上制片（line producers）、执行制片（executive producers）、联合执行制片（co-executive producers）、监制（supervising producers）、协调制片（coordinating producers）、顾问制片（consulting producers）、栏目制片（segment producers）以及负责制作的执行制片（executives in charge of production）。

这些人都是干什么的？想要回答这一问题，麻烦就在于制片工作的划分是很模糊的，它既可以是每天十二小时耗在外景地，也可以只是结交"正确"的人。在最纯粹的形式上，它意味着在电影成型的过程中拥有最大的影响力：选择编剧、导演、演员、几乎所有与电影有关的人。

传统的定义上，这个人就是一部电影的首席执行官，他监管着各个领域如剧本发展、雇佣人手、选角、预算以及解决问题。制片人工会列出了26项职责，包括决定最终拍摄本、监管每日的运作、监督音乐录制，甚至包括"批准化妆和发型的风格"。制片人劳伦斯·图尔曼（Lawrence Turman）有一个简单的定义："制片人就是促成了影片的人。"

从贝茨的话里，你大概可以归纳出来，"制片人是干什么的？"的正确答案和"五百磅重的大猩猩睡在哪里？"一样。一个制片人想干什么就干什么。他雇佣并解雇演员，雇佣并解雇（再解雇，再解雇）编剧，监管导演，选择外景地，为配乐选择歌曲……一切一切。这其中也包括，有时候什么也不干（对他而言，这通常是最明智的做法）。

必须提到，近来很多制片人的职责已经被制片公司的管理层篡夺了。这些男人和女人中的大多数来自商业背景而非创意圈，他们兼任制片人角色的结果从当今各公司推出的项目类型就能看出来——无休止的重拍、"重启"、续集，改编自漫画书、游戏、动作英雄的影片，一切演变成了趣多多饼干，而电影却被推到了角落里。对这些满脑袋生意经的家伙而言，电影归结起来不过就是品牌推广，无论其产品是特种部队（G. I. Joe）玩具还是蜘蛛侠或《万圣节》（*Halloween*）系列片的特许经营权。毕竟，任何一个商学院都会告诉你，重新包装营销已有的商品比冒险将一个未经检验的商品推向多变的大众更加划算。编剧们时常被告知，他们的剧本尽管富有原创性和兴奋点，却无法投拍。原因在于，其中的材料没有"预售"的价值。换句话说，小子，你的确写了一个好剧本，可人们都听说过飞行棋（Chutes and Ladders），你猜哪个项目会被开绿灯呢？

习题：何为制片人？

1. 把你对制片人在剧本发展中所起作用的想法简短地写下来。在为影片撰写剧本时，一个制片人应当扮演何种中心角色？你认为一个制片人在剧本中最有价值的贡献应当是什么？制片人的观点主要以何种方式损害了一个剧本的发展？

第 16 章　署名
进入失踪名单

> 我一想到非存在的状态，一想到被完全否定、意识遭到灭绝的画面，我们就无法容忍。
>
> ——卡尔·哥德堡（Carl Goldberg）
> 引自《与魔鬼交谈》（Speaking with the Devil）

编剧是电影导演最大的噩梦。在这个世界上，很少有东西能弄乱一个导演的羽毛。但即使他是一个最坚定的舵手，一想到编剧的存在，也会半夜里一身冷汗地惊醒。导演害怕、厌恶、畏惧、憎恨编剧。

这种憎恶是因为，编剧的存在意味着导演在其执导的影片背后，不是唯一的、全能的作者[①]。无论何种级别的导演，这种想法都是无法容忍的。如果把这一弗洛伊德式的"初始场景"转换成电影对等物，那就会是，一个坚强的男人尖叫着在地上缩成一团。

因此，一旦一个导演接手了一部新片，他优先考虑的第一件、最后一

[①] 作者这里用了 auteur 一词。在英语中，其字面意思是电影导演，尤其指个人风格鲜明的导演。这个词源出法语，愿意是创造者或作者，之所以进入英语，大概是由于 20 世纪 60 年代作者电影的兴起。这里采用法语原意。——译者注

件以及中间一件事就是不计代价地清除编剧的贡献。

他的伎俩分两步。首先，他要么自己重写剧本，要么雇一个自己的编剧替他重写。事实上，他会雇尽可能多的编剧重写。他知道，由于署名编剧的增多，最初编剧的名字基本上就会被其他人压到下面，成为最后一个。

接着，在影片完成时，导演会试图在原创作者之外再弄出一些名字，作为剧本作者加入署名名单。即使他运气不佳，即使编剧工会拆穿了他的花招，他也总能再安排三个以上的编剧作为影片作者署名——这有效地使所有这些编剧从公众和产业的视线中消失了。他们全都进了失踪名单。导演这下觉得好多了，他终于可以把这一整套令人痛苦的勾当从脑海中完全抹掉了。

约瑟夫·麦克布莱德（Joseph McBride）在1992年为弗兰克·卡普拉所作的传记《成功的灾难》（*The Catastrophe of Success*）中，这样描写这位著名导演：

> 他由于不得不与他人分享成功而感到焦虑，这又使得他的自我怀疑成倍增加……他所从事的职业本质上是协作性的。而在卡普拉自尊自大之下，又涌动着怀疑的黑暗潜流。这就形成了一个问题：为了取得成功，他究竟需要做多少？
>
> 卡普拉的病症可以用心理学家宝琳·克兰斯（Pauline Clance）和苏珊娜·伊姆斯（Suzanne Imes）1978年提出的"冒名顶替现象"归纳。很多成就甚高的人都有这种恐惧，他们担心自己的成功实际上是名不副实的……
>
> 在卡普拉的案例中，恰当为编剧署名的需要来源于他对自身能力和成就的不安全感……他从来不确信自己只是坐坐导演椅就配得到那些金钱和赞誉。

在1996年7、8月号的《导演工会》（*Directors Guild*）杂志上，我的老朋友约翰·卡彭特这样谈到这个问题："我告诉你吧，剧本不是电影，它只是一堆话而已。是导演制造了电影。所有那些废话都可以休矣……作为一个导演，我才是电影的作者……如果编剧觉得他是作者，那就让他把剧本塞进放映机里，咱们瞧瞧看。"

公众都乐于赞同导演才是影片"作者"的观念。这是由于，把一部影片当作一本书、当作一个心灵中的产物、一个额头上的汗水更令人欣慰（更不要说，这也不太会令人困惑）。普通人喜欢想象，是导演编出了一切，然后再把任务分派给他的团队。所有人默默无闻地忙碌，只为了实现这位伟人的构想。

同样，影评人（他们自称为"评论家"，正如锅炉工自称为"产业维护工程师"一样）也带着一种报复心理维护了这一假定。你也许会认为"影评人"毕竟也是作家，因此会乐于推进其他作家的利益。但是，这一假定忽略了这样一个事实——大多数影评人都憎恨编剧，因为他们自己并不是编剧（或者因为他们尝试过但失败了）。所以，他们更乐于说"弗雷德·威尔科克斯（Fred Wilcox）的《禁忌星球》（*Forbidden Planet*，1956）"或者"诺曼·毛勒（Norman Maurer）的《三个臭皮匠》（*The Three Stooges Go Around the World in a Daze*，1963）"。

我们不要忘记，对美国人而言，作家就是自以为是的书呆子，就是怪物。"一个作家编出整部电影并把它写在纸上"的想法不仅是可憎的，而且在那些只要比洗衣单更长的东西就读不懂的人看来，简直是不可理解的。（有个电影观众曾经迷惑地问过我，"你是干吗的？写话的吗？"）除了自我鼓励外，你毫无办法。所以，你最好习惯于此。

有一件事是你能做的——加入编剧工会。他们的入会申请挺复杂，但基本上，只要有制片公司开始拍摄你的剧本，你就能加入了。（有时候，如果制片公司特别想要你的剧本，作为合同中的一个条款，他们甚至愿意替你缴纳第一年的会费。）当影片仍在制作中的时候，你就应当入会。这是因为，工会允许你在影片完成后提出署名权仲裁。

具体过程如下：当剪辑过程快结束的时候，制片公司会遵照劳务合同的要求，给所有参与的编剧发去一份名为"意图署名编剧的通知"的文件。其中有一整页将陈述制片公司准备放在影片中的编剧署名。如果他们得逞的话，看起来就会是这样：

编剧
（导演的名字）
（六个由导演雇佣的文人的名字）

原创故事
（导演、六个雇佣文人）和你

此时，你应当立即联系编剧工会，告知他们你需要进行署名仲裁。如果你是个新会员，你将碰到无数的敷衍阻挠、繁文缛节，因此你必须要非常坚定。当工会意识到你绝不会善罢甘休时，你的仲裁才会被批准。

现在，你必须向仲裁委员会递交一封信，陈述你认为正确的署名方式及其理由。你的陈述必须达到这样的效果：如果上帝存在，那么只有一种署名是可行的：

原创故事和编剧
你

几周以后，你和涉及此事的人将会收到一封信或者电话，宣布最终的署名如下：

编剧
你和两个雇佣文人

也就只能这样了。

其他的编剧会立刻对这一决定提起上诉，但他们会遭到驳回。接着，导演将会在《综艺》（*Variety*）和《好莱坞记者》（*The Hollywood Reporter*）上拿掉一整页的广告，宣布你是个骗子、小偷，宣称他的宠物编剧才是电影剧本的真正作者。可事已至此，那只能是吃不到葡萄说葡萄酸而已。

习题：署名

1. 找一本曾经谈到过某部你喜爱的影片的制作过程的书，对书中跟编剧有关的章节作出评论，注明在故事发展和剧本最终形成中起到主要作用的编剧的名字，以及制片人、导演和演员在剧本形成的过程中起到的作用（如果有的话）。（如果剧本是根据某部书、戏剧或其他作品改编，也注明原始素材的作者的贡献。)在最终的影片中,谁在银幕上获得编剧的署名。根据你的研究，谁才应当享有最终的署名？

影片＿＿＿＿＿＿＿＿＿＿＿＿＿＿＿＿＿＿＿＿＿＿

参与的编剧＿＿＿＿＿＿＿＿＿＿＿＿＿＿＿＿＿＿＿

＿＿＿＿＿＿＿＿＿＿＿＿＿＿＿＿＿＿＿＿＿＿＿＿

署名的编剧＿＿＿＿＿＿＿＿＿＿＿＿＿＿＿＿＿＿＿

＿＿＿＿＿＿＿＿＿＿＿＿＿＿＿＿＿＿＿＿＿＿＿＿

应当署名的编剧＿＿＿＿＿＿＿＿＿＿＿＿＿＿＿＿＿

＿＿＿＿＿＿＿＿＿＿＿＿＿＿＿＿＿＿＿＿＿＿＿＿

第17章 为何要当编剧
闲话少说

因为那儿有钱。

——威利·萨顿①在被问及为何要去抢银行时的回答

（也许是他人杜撰）

为何要当编剧？

因为报酬优厚，且可以在家工作。

习题：为何要当编剧？

1.每个想当编剧的人都有其特殊的理由。你的理由是什么？为了帮助自己澄清和理解，把你写电影剧本的理由确切地概括出来。只要能合理地解释你的目的，没有任何理由是"错误"的。不要犹豫，随便写什么都行。没人会检查你的作业。

---

① Willie Sutton, 1901—1980，著名大盗，犯罪生涯长达四十年，涉案金额超过两百万美元，绰号"演员威利"、"狡猾的威利"。——译者注

第 18 章　恐惧

把垃圾拿进来

> 心灵允许恐惧多深，它就有多深。
>
> ——日本谚语

　　某种程度上，本书既是对剧本结构的阐释，又是它的墓志铭。故事结构，至少就我学习并实践的而言，已经快变成恐龙了。DVD 和蓝光技术使随便浏览电影场景成为可能。当几乎每张 DVD 都包括"扩展版"和"删减场景"时，谁又能说得出什么才是一部影片的"真正"形式呢？（难道没有人想过，这些场景之所以被删除，正是由于它们一开始在其中并不能奏效呢？）而硬盘数字录像机之于电视节目正如 DVD 和蓝光之于电影。它们把观看节目的结构放在了观众而非作品的作者手中。

　　通过把互动娱乐和控制权结合在一起，Netflix Instant 以及其他的网站，基本上使影院观影体验变得毫无意义了。当一个观众能够在家中，在任何他愿意的时间，片段式地看电影；当他可以在任意地方进出故事；当他可以跳来跳去，省略一整幕；当他可以定格、可以慢进快进或者倒放；

当他只需坐下动动指头，就能略过各个频道，像吃巧克力豆一样吸收每个故事的微小碎片时，我只能说，你和我的工作已经并且将会变成全然不同的东西。

这有没有吓到你呢？因为，艺术唯一恰当的主题就是恐惧。所有伟大的故事里，所有的人物从根本上都是由对某种事物的恐惧驱动的。查尔斯·福斯特·凯恩害怕过一种没有爱的生活，并把爱看成他的权利；《热情似火》中的杰瑞和乔害怕被黑帮砍脑袋；《精神病患者》中的诺曼·贝茨一想到失去专制的母亲便惶恐不已，为了让她活下去，他使自己的心灵发生了变异。

艺术存在的目的不是宣教和改进，而"娱乐"一词也应作宽泛的理解。真正的艺术像现实一样狂野。任何不是关于恐惧的艺术说到底都是不够格的。你随便叫它什么都行——伪艺术、非艺术，甚至垃圾艺术。但它们不是真正的艺术。

在你的职业生涯中，你肯定会时常被叫去写一些意图宣教和改进的作品。但与此同时，如果你问全世界的影迷他们想在电影中获得什么，他们多半会回答"我只想娱乐"。

简而言之，职业的电影编剧必须有能力去写垃圾艺术。但是，如果你有机会，你没有理由不在其中讲述真理。

作为编剧，你在职业追求中最大的恐惧是什么呢？想到与制片人或执行制片见面，你会不会掌心冒汗？假如遇到一个我在第16章描述过的暴君导演，你会不会忧心忡忡？或者，光是想到空白的纸张或电脑屏幕，你就夜不能寐？无论用本书叙述的方式，还是别的什么方式，把你最大的恐惧写下来吧，也许这样你便能战胜它。

习题：恐惧

1. 在你作为编剧的职业生涯中，最大的恐惧是什么？一想到和制片人或制片公司管理层会面，你会手心冒汗吗？你害怕遇到一个类似我在第16章描述的那种暴君导演吗？或者，光是想想空白的纸页和电脑屏幕，你就会噩梦连连？把你最大的恐惧写在这里，这样你便能战胜它，无论用本书所说的方式抑或其他方式。

结　语

丹在和我相遇之前就开始了本书的写作。他之所以这么做，并不是要绕着圈子给我来一次"丹·奥班农式写作"的震撼教育。然而，和丹一起写作此书并在丹去世后完成它的过程，却使我在电影编剧艺术和技巧上，得到了一次全面的奥班农式的基础训练。我虽然无法知道你们在本书的书页中撷取到了什么，但我所能做的是，把我在帮助丹把他的想法变成现实的过程中学到的东西分享给你们。

我从丹的作品中学到的最重要一课，用法国导演让·雷诺阿（Jean Renoir）1939年的杰作《游戏规则》（The Rules of the Game）中的一句话概括起来最为恰当："每个人都有其理由。"我在多年来接触到的很多电影编剧体系，包括本书中概括的那几个在内，都把担当电影叙事的叙述引擎的冲突作为原则。换言之，一个故事讲述的是一个人物渴望某种事物，并在试图获得它时，与他所处世界中的各个方面（自然因素、人格缺陷、其他人物）发生冲突。在我遇到的编剧教师中，丹是第一个把冲突敏锐地定义为"主人公间的对立"而非"主人公和障碍的对立"的。我们知道，在《异形》中，里普利、达拉斯以及船上的其他船员都试图在异形的攻击中存活。丹的启发性在于，他从反面去考虑问题："异形需要什么？"在这一个案中，那就是不惜一切地存活，它必须一路撕碎、吞吃、腐蚀，对这些无辜的人类而言，这可算倒了大霉。丹的影片以其中强有力的"反面主人公"而闻名，犯有罪孽或有着恶毒目标的人物和"正面主人公"敌对，而后者更直接地反映着生活中较为善良的倾向。大多数编剧结构体系更愿意把后一种人物称为"主人公"，而故事也完全依照他们的斗争而定义。

然而，丹却总是确保反面主人公的目标和正面主人公的一样被人深刻铭记、易于理解。冲突被呈现得很丰满，火线两侧的动机、行动、反应都得到清晰定义。电影评论家热衷于认为，最好的反派通常是对观众而言最可信的反派。人物来自动机。即使我们并不赞同，至少也是可以理解的。尽管我并不认为这种辨别永远有效（《蝙蝠侠：黑暗骑士》（*The Dark Knight*，2008）中的小丑当然算得上迄今为止最大的电影反派，而他却亲口告诉我们，驱使他行为的动机连他自己也不理解），但这对结构你剧本中的冲突而言，却是一条可靠的原则。丹的体系就把这一原则作为指导哲学。每个人都有其理由，如果你能使你的观众理解这些理由，那么无论其道德和法律后果如何，你就即将创造出可信的银幕体验了。

在写作本书的经历中，我从丹身上学到的另一件重要的事就是他的淡泊名利。前面的书页已经清楚地显示，他是一个深思熟虑的智者，是一个满腹经纶、见多识广却甘于深居简出的人。然而，他却能娴熟地运用他的技艺，并凭借他的创造巩固了他的大师地位。这些令许多自以为是的电影人仰视的影片包括各种类型：异形入侵的史诗、高科技动作片、僵尸惊悚片以及根据 H·P·洛夫克拉夫特[①]（此人被看作"美国文学中最伟大的糟糕作家"）[②]的作品改编的影片。在他选择的类型中，丹是一个从不屈尊为大众观念而写作的作家。对他而言，《异形》不"仅仅"一部科幻惊悚片，《活死人归来》也不"只是"一部僵尸电影。正如任何真正相信笔下作品价值的艺术家一样，丹为这些影片殚精竭虑。由于热切地相信自己努力的价值，丹有时会和那些只在乎影片的生财之道却不关心其他问题的人对着干。这一现实只能提醒我——这对从事任何媒介的任何艺术家都是最重要的教训：在创造艺术作品时，主旨和主题都不比创作中技巧和创新更重要。

[①] Howard Phillips Lovecraft，1890—1937，美国恐怖、科幻、奇幻小说家，是自爱伦·坡以来对恐怖小说影响最大的作家，作品有《克苏鲁神话》（*Cthulhu Mythos*）、《死灵之书》（*Necronomicon*）等。——译者注

[②] 劳拉·米勒（Laura Miller）：《憎恶的大师》（*Master of Disgust*），http://www.salon.com/2005/02/12/lovecraft/

对影片而言，没有所谓的无价值的主题，只要你真诚处理它并付出最大的创造性努力。如果你正在写一部直接以录像方式发行的快餐式怪兽片并试图通过遍及全国的红盒子机器[①]倾销的话，你就应当在你和预算能够允许的范围内，创造一部最好的怪兽片，这是你欠你的缪斯的（更别说观众了）。你最好去写自己真正相信的、有质量的"垃圾"，而不要把时间花费在创造令你自己厌烦、令观众得不到满足的"高等艺术"上面。

在手稿的第一稿中，我自己的大部分工作在第 7 章中就完成了。在这一章中，丹的体系被用以检测大量的舞台和银幕作品，其中有颠扑不破的大师之作，更多的则是有问题的文本。这些结果使我巩固了在和丹一起工作时学到的第三课。在丹的创作和本书中，这些构成了体系的理念和概念是独一无二的，但它们却在数以百年计的叙事传统中得到了证明。这些电影制作者和丹从未谋面，事实上，他们早在丹降生之前便从事这个行当了。然而，他们却有效地使用了这些内在于丹的体系中的相似原则（在《吸血鬼》和《失落的地平线》的个案中，由于未能使用这些原则，影片受到了损害。）另外，动态结构的基本理念早在电影诞生之前便存在了。正如我们所说明的那样，莎士比亚和易卜生都运用了驱动着丹的作品的同样的叙事技巧。尽管我们的分析视野并未一直延伸到舞台戏剧的开端，但人们可以猜想，通过审视伟大的古代剧作家的作品，将会发现与丹极为类似的基本叙事原则的存在。（俄狄浦斯当得知他对父母做了什么之后，弄瞎了自己的双眼。这看起来很像不归点，对吗？莎士比亚大概就是这么想的。毕竟，在《李尔王》中，不归点是什么呢？也是一个人物的双眼被挖了出来。）丹的体系是他独有的，是他通过仔细的试验和错误获得的，但是在其核心之中，却蕴藏着一个故事结构的概念。正是这一概念构成了整个西方戏剧准则的基石。如果你将丹的体系用于一个故事，却意识到它并不能加固结构，那么你也许应该跳进时光机器，到莎士比亚和易卜生那里冲他们抱怨。因为

[①] redbox machine，一种用于出售和出租影视和游戏光碟的自动售货机。——译者注

按照你的想法，他们也搞错了。

丹和我使本书牢牢关注于电影编剧中的各种结构性的层面。如果你拿起本书，希望从中学到如何写作难忘的对话、打造完美的动作段落或者在前十页勾住审读人，那么抱歉，你来错地方了。同样，如果你正在寻找一本指引你穿越编剧行业中的尔虞我诈、帮助你找一个经纪人、卖一个好价钱、捞取丹·奥班农级别的票房回报的书，那么我再次道歉，先前的这几百页纸不是你要找的东西。

但是，如果你的故事一团糟，如果你的冲突没有建置合适，或者未能构筑恰当的不归点并在第三幕中得到清算，那么所有那些夺人眼球的台词、所有那些令人兴奋的爆炸性瞬间都无助于你写出一个奏效的故事。艺术上的缺陷将无可避免地导致商业上的挫折。换言之，如果一个剧本不能令人信服，那它就不会大卖。因此，在本书中，你也许找不到为了创作最好的电影剧本所需要的全部信息，但你已经找到了你所需要的第一条信息。改述另一位伟大作家（他是位词作者，而非电影编剧）的话来说，那就是——从最基本的开始，其实就是好的开始。[1]

我衷心祝愿，在你处理自己的编剧项目时，丹的体系以及他通过运用它创作所取得的成功能够给予你指导和启发。我本人也会支持你。尽管在任何人看来，丹都不是个多愁善感的人。但我知道，无论他现在在哪儿，他也在为你鼓劲。

马特·R·洛尔

---

[1] 这里指的是《音乐之声》(*The Sound of Music*, 1965)原著音乐剧的词作者奥斯卡·汉默斯坦（Oscar Hammerstein），而这句话改述了《哆来咪》(*Do-Re-Mi*)歌词的第一句"让我们从最基本的开始，一个好的开始"。——译者注

后 记

当丹完成本书后,他让我读了手稿。他说,"我还没有把享乐适应的段落加进去。你知道,我不能把所有的秘密告诉你。"他认为享乐适应的概念太有价值,所以得留给自己。鉴于他已经离世,我决定把它加入书中。

我深深感谢迈克尔·威斯(Michael Wiese)和他能干的合伙人肯·李(Ken Lee);他们发现了丹的这本书并把它带给预期中的读者。迈克尔·威斯公司必定有着独一无二的工作效率,如此方能使作家及其意图的精神活力得以保持。

我诚挚地感谢成就了本书的马特·洛尔。他的写作才能以及他对这一项目的奉献精神使丹的洞见和经验得以传递给读者。没有他,本书将止步不前。

黛安娜·奥班农
2012 年 1 月 25 日

关于作者

　　丹·奥班农1946年生于密苏里州。他曾是圣路易斯的华盛顿大学奖学金生。他在该校学习美术，直到1969年前往洛杉矶的南加州大学学习电影。在南加州大学期间，他与约翰·卡彭特合作写了《暗星号》的剧本。该片摄于1974年，是丹的第一部故事片，在片中他还饰演了"平拜克军士"。

　　丹参与了十一部得以投拍的剧本的编剧工作，其中大多是科幻和恐怖类型。他最著名的作品是曾获奥斯卡奖的国际巨片《异形》。在美国电影学院评出的100部最恐怖的美国电影中，该片名列第六。2002年，该片被国会图书馆收藏。

　　丹的其他作品还包括阿诺德·施瓦辛格主演的《全面回忆》以及《蓝霹雳》《异形终结》等。此外，丹还导演过两部故事片《活死人归来》（兼任编剧）和《死而复生》。

　　他曾在南加州大学和加州橘子郡的查普曼大学教授电影研究和写作。晚年，丹和妻儿生活在洛杉矶。2009年，他因克罗恩病引起的并发症去世。

　　马特·R·洛尔生于宾夕法尼亚州匹兹堡市，现为编剧、散文家和批评家，并曾获得过奖项。他在加州橘子郡的查普曼大学获得了电影艺术硕士学位。也就是在那里，他遇到了丹·奥班农并开始了本书的写作。他关于经典和当代电影的评论见他的个人博客"电影僵尸"（themoviezombie.blogspot.com）。

　　马特还主持着即将开办的丹·奥班农写作讲习班（Dan O'Bannon Writing Workshop）。这一讲习班将通过研讨、训练营和业内活动，实践性地推广奥班农的"动态结构"编剧体系。查询活动信息以及与奥班农的作品和教学相关的项目和计划，可以登录丹·奥班农官方网站（www.danobannon.com）。你也可以通过给马特发电子邮件（matt@ danobannon.com）联系到他。

马特现居洛杉矶。

出版后记

《暗星号》、《全面回忆》、《活死人归来》、《异形》，这些大名鼎鼎的影片以其激动人心的结构和情节，将观众牢牢锁在影院的椅子上，"影片开场时，他们正要将爆米花扔进嘴里，等两小时过去，同一把爆米花仍擎在手中。"

作为以上影片的编剧，奥班农是施展神奇力量的魔法师之一，而本书则是他将方法倾囊以授的宝典。书中，奥班农全力关注"结构"这一剧本写作的重中之重，根据自己多年的实践经验，深入剖析时下流行的几种编剧方法，指出它们在指导剧本结构方面的助益和不足，进而展示了自己的秘密武器——"动态结构"的体系。对冲突的不同定义，以及对第二幕结尾的不同概念，使得这一结构与传统方法截然不同，成为"一种微观和宏观上都强有力的结构性方法，包含了如何将力量充满你的剧本的指导性观念。一旦掌握了它，其他的一切便井井有条了。"

书中细致分析了《卡萨布兰卡》、《阿拉伯的劳伦斯》、《卧虎藏龙》等十余部经典影片，从剧本结构入手，挖掘它们成功或失败的原因，以验证动态结构的效用，并加深读者对这一体系的理解。每章末尾提供习题，以使读者对相应内容能够牢牢掌握。此外，针对剧本写作的其他要素，奥班农均提出自己的有益创见，贡献了"享乐适应原则"等新颖的创作观念。

当下的中国电影亟需"好的故事"。林林总总的编剧法或能帮你打牢基础，写出四平八稳的剧本，但真正吸引人的影片总要出奇制胜，奥班农的动态结构体系提供了相应办法。希望这位电影编剧大师的言传身教，能为您的剧本写作带来帮助。

服务热线：133-6631-2326 188-1142-1266

服务信箱：reader@hinabook.com

"电影学院"编辑部
拍电影网（www.pmovie.com）
后浪出版公司
2014 年 12 月

图书在版编目（CIP）数据

剧本结构设计 /（美）奥班农著；高远译. -- 北京：北京联合出版公司，2015.1（2018.5 重印）
ISBN 978-7-5502-3885-5

Ⅰ.①剧… Ⅱ.①奥…②高… Ⅲ.①电影编剧—创作方法 Ⅳ.① I053.5

中国版本图书馆 CIP 数据核字（2014）第 255260 号

DAN O'BANNON'S GUIDE TO SCREENPLAY STRUCTURE: INSIDE TIPS FROM THE WRITER
OF ALIEN, TOTAL RECALL AND RETURN OF THE LIVING DEAD by DAN O'BANNON
Copyright © 2013 The O'Bannon Company
This edition arranged with MICHAEL WIESE PRODUCTIONS
through BIG APPLE AGENCY, INC., LABUAN, MALAYSIA
Simplified Chinese edition copyright: 2018 Ginkgo (Beijing) Book Co., Ltd.
All rights reserved.
本中文简体版版权归属于银杏树下（北京）图书有限责任公司。

剧本结构设计

著　　者：［美］丹·奥班农
编　　者：［美］马特·R·洛尔
译　　者：高　远
选题策划：后浪出版公司
出版统筹：吴兴元
编辑统筹：陈草心
特约编辑：赵　卓
责任编辑：徐秀琴
营销推广：ONEBOOK
装帧制造：墨白空间

北京联合出版公司出版
（北京市西城区德外大街 83 号楼 9 层　100088）
北京京都六环印刷厂印刷　新华书店经销
字数 195 千字　690 毫米 × 960 毫米　1/16　14.5 印张　插页 6
2015 年 3 月第 1 版　2018 年 5 月第 3 次印刷
ISBN 978-7-5502-3885-5
定价：32.00 元

后浪出版咨询(北京)有限责任公司常年法律顾问：北京大成律师事务所　周天晖 copyright@hinabook.com
未经许可，不得以任何方式复制或抄袭本书部分或全部内容
版权所有，侵权必究
本书若有质量问题，请与本公司图书销售中心联系调换。电话：010-64010019

拍电影网培训 每个人的电影课堂

更多最新信息请登录 http://edu.pmovie.com

专业导师　创作实践　精品小班

微电影制作培训班　循环开课【培训时间7天】

电影编剧培训班　循环开课【培训时间7天】

电影导演培训班　循环开课【培训时间7天】

影视摄影基础班　循环开课【培训时间8天】

影视摄影高级班　循环开课【培训时间8天】

微电影制作中级班　循环开课【培训时间14天】

任长箴纪录片工作坊

芦苇电影编剧工作坊

影视表演班、影视剪辑版、影视录音班……

招生热线：188-0146-8255　　010-6401-0046　　　客服QQ：1323616494

上课地址：北京市东城区景山东街纳福胡同13号（邻近景山、故宫、南锣鼓巷等景点）

影视培训频道

后浪电影学院丛书

最具影响力的专业出版品牌
从基础知识到实际运用，尽收全球视野下最经典的电影教程